퇴근이 답

<놀놀놀: 놀 것과 놀라움이 가득한 글 놀이터> 독자에게 보내는 집필 제안서

우리 삶에는 항상 놀 것과 놀라움이 가득합니다. 누군가에게는 라면이, 누군가에게는 공포소설이, 누군가에게는 퇴근 후 달리는 상쾌함이 살아갈 의미로 작용합니다. 우리 모두에게 있는 바로 그 '놀 것'과 '놀라움'을 글로 풀어낼 수 있는 '놀이터'가 <놀놀놀> 시리즈입니다. 독자 여러분 가슴 속에 있는 놀 것과 놀라움에 대한 이야기를 환영합니다.

형식: 자신만의 지식과 경험을 바탕으로 한 소확행의 생활 에세이
분량: 원고지 350~400매(6만~7만 자)
주제: 자유
시리즈 예상 소재: 고양이, 오르골, 시계, 짜장면, 기차여행, 무라카미 하루키, 마카롱, 피규어, 떡볶이, 제주도, 파스타, 스타벅스, 반려견 등 자신만의 놀 것과 놀라움
보내실 곳: bookocean@naver.com

퇴근이 답

초판 1쇄 인쇄 | 2019년 11월 1일
초판 1쇄 발행 | 2019년 11월 7일

지은이 | 이어진
펴낸이 | 박영욱
펴낸곳 | 북오션

편 집 | 이상모
마케팅 | 최석진
디자인 | 서정희 · 민영선

주 소 | 서울시 마포구 월드컵로 14길 62
이메일 | bookrocean@naver.com
네이버포스트 | m.post.naver.com ('북오션' 검색)
전 화 | 편집문의: 02-325-9172   영업문의: 02-322-6709
팩 스 | 02-3143-3964

출판신고번호 | 제313-2007-000197호

ISBN 978-89-6799-500-3 (03810)

이 도서의 국립중앙도서관 출판예정도서목록(CIP)은 서지정보유통지원시스템
홈페이지(http://seoji.nl.go.kr)와 국가자료공동목록시스템
(http://www.nl.go.kr/kolisnet)에서 이용하실 수 있습니다.
(CIP제어번호: CIP2019039684)

놀 놀 놀　놀 것과 놀라움이 가득한 글 놀이터

퇴근이 답

이어진 지음

북오션
콘텐츠그룹

2018년 7월부터 본격적으로 주 52시간 근무 시대가 시작되었다. 일하는 시간이 줄어든다고 해서 해야 할 업무의 양이 줄어드는 것은 아니다. 어찌 되었든 주어진 시간 안에 일을 끝내야 하고 그러려면 암묵적으로 즐기던 휴식시간을 줄여야 한다. 잠시 짬을 내 동료와 담배를 피우거나 커피 한잔하며 공유하던 소소한 대화 역시 부담스럽게 된 것이다. 그렇게 타이트하게 업무를 끝내고 퇴근을 한다. 그러면 기존보다 시간은 많지만 뭘 해야 할지 몰라 멍하니 있거나 핸드폰을 만지작거리며 시간을 보낸다.

퇴근하고 시간에 여유가 있으니 뭔가 해야겠다는 생각은 들지만, 회사에서 받은 스트레스와 반복된 업무에 지쳐 퇴근하면 아무것도 할 수 없는 상태. 나 역시 퇴근 후 끊임없이 무언가를 배우려 했지만 아무것도 할 수 없는 상태로 그대로 잠드는 경우가 많았다. 하지만 퇴근 후 의식적으로 무언가를 하려 했기 때문에 시간이 지나고 나니 남는 것이 생겼다. 즐길 수 있는 취미가 하나둘 생겼고 할

수 있는 것이 늘어가며 내 인생이 풍요로워짐을 느낄 수
있었다.

　동료들이 퇴근 후 뭘 해야 할지 모르겠다고 하면 내가
했던 활동과 에피소드를 얘기해 주고 각자에 맞는 취미를
추천해 줬다. 반응은 폭발적이었다. 나는 이런 것도 있고
저런 것도 있다는 것 정도만 알려줬는데 그렇게 무언가를
시작한 동료들은 그 덕분에 사회생활을 버틸 수 있는 활
력소가 생겼다며 고마워했다. 퇴근 후 몰입할 수 있는 무
언가로 인해 회사 생활이 즐거워졌다는 동료, 일의 능률
이 오르고 적극적인 성격으로 바뀌었다는 동료, 동기 부여
가 돼 인생 자체가 바뀌었다는 동료 등. 긍정적인 모습으
로 변해가는 동료들을 보며 내 경험을 정리하고 좀 더 많
은 이에게 공유해 보면 어떨까 생각하게 되었다.

　지금 회사 생활을 하며 지쳐 있는 분께.
　퇴근 후 뭘 해야 할지 모르는 분께.
　인생을 좀 더 즐겁게 살고 싶은 분께.

이 시대를 함께 살아가는 동료들이 가볍게 읽고 자신에게 맞는 무언가를 찾았으면 하는 마음으로 이 글을 썼다.

보통은 무언가를 시작할 때 생각하고 실행하기까지 시간이 걸린다. 하지만 나는 내가 하고 싶은 걸 바로 시작하려 한다. 이것저것 복잡하게 생각하지 않고 그냥 시작한다. 나도 예전에는 무언가를 시작하기 전에 미루고 망설이고 생각하는 시간이 길었다. 하지만 어떤 계기로 생각한 것을 바로 시작하는 습관이 생겼다.

중학교 2학년 때 담임 선생님. 아직도 선생님을 떠올리면 카랑카랑한 목소리와 열정적인 모습으로 수업을 진행하던 모습이 생각난다. 사범 대학교를 수석으로 졸업한 젊은 선생님은 하루하루 중2 남학생들과 전쟁 같은 시간을 보냈다.

처음 부임했을 때 그렇게 여리던 선생님이 열다섯 살의 까불이 학생들과 부딪히며 조금씩 변해 갔다. 사랑의 매를 들기 시작했고 큰소리를 내고 화를 내는 날이 늘어가며 성대가 상해 며칠 동안 목소리가 나오지 않기도 했다. 제자에 대한 관심과 애정이 그만큼 컸고 한 명이라도 삐뚤어지지 않기를 바라셨다. 선생님의 사랑을 그때는 몰랐다. 그 시절을 함께한 친구들과 나는 당시의 선생님이 얼마나 제자를 사랑했었는지 한참 지나서야 깨달았다.

한번은 무단결석을 하던 반 친구가 오랜만에 학교에 왔는데 선생님이 엄하게 사랑의 매를 들었다. 그 친구는 이미 어둠의 세계에서 스카우트 제의를 받는 주먹이었는데 그 세계에서 빼내려고 선생님은 지독히도 노력했다. 그날 매를 들던 선생님은 어느 순간 울음을 터뜨리며 들고 있던 매를 던졌고 앉아 있던 우리들은 한동안 아무 말도 할 수 없었다.

학교를 졸업하고도 시간이 많이 흘렀다. 어느 날 친구에게 선생님이 아프다는 소식을 전해 들었다. 말기 암이라고 했다. 소식을 전해준 친구와 병문안을 가기로 했는데 사정이 생겨 원래 가기로 한 날보다 하루 늦게 병문안을 가게 되었다. 병문안을 간 날 병원 주차장에 도착했을 때 친구가 혼잣말로 기분이 이상하다고 했다(나중에 물어보니 친구는 그런 말을 했다는 것을 기억하지 못했다). 안내 데스크에 가서 선생님 병실이 어디냐고 물어보니,

"○○환자 어제 오후에 돌아가셨습니다"라고 했다. 친구와 나는 한동안 아무 말도 할 수 없었다. 병문안을 미루지 않았더라면 마지막으로 선생님을 뵐 수 있었을 텐데 하는 후회와 죄송함. 그날 죽음에 대해 처음으로 진지하게 생각해 보았다.

사람은 언제 죽을지 모른다는 것.
뭔가를 생각했으면 미루지 말고 바로 해야 한다는 것.
매일을 내 인생 마지막 날이 될 수도 있다고
생각하고 특별하게 살아야 한다는 것.

그때부터 무엇인가 하고 싶은 게 있으면 바로 시작하

게 되었다.

> 헬스, 걷기, 달리기, 맨몸 운동, 등산, 수영, 프리다이빙, 스쿠버다이빙, 책 읽기, 영화보기, 색소폰, 음주, 커피, 자전거, 테니스, 살사댄스, 골프, 글쓰기 등.

어떤 것은 평생의 취미가 되었고 어떤 것은 잠시 발만 담갔다가 뺐고 어떤 것은 배웠다고 말하기도 부끄러운 수준이다. 분명한 것은 내가 하고 싶어서 한 것이기에 그 과정이 즐거웠고 돌이켜 생각해봐도 후회가 없다는 것이다.

업무 시간에는 치열하게 일하고 퇴근 후 한 시간씩 투자해서 무언가를 배우고 해보자. 그 과정을 통해 얻게 되는 즐거움과 할 수 있는 게 하나씩 늘어날 때의 기쁨은 인생을 풍요롭게 한다. 그 즐거움과 기쁨을 나누고 싶다.

2장 달리고 걷다가 때로는 산으로

3장 맥주병에서 라이프가드로

4장 프리다이빙(무호흡 잠수)

5장 책의 향기와 영화의 추억

6장 색소폰은 앙부셔가 생명!

7장 타고 치기 - 자전거와 테니스

1장

헬스에서
맨몸 운동으로

헬스, 크로스핏, 맨몸 운동

오후 6시 20분. 팀장님이 컴퓨터를 끄고 운동화와 운동복을 챙겨 나갈 준비를 한다.

"이 대리. 오늘 같이 운동 안 할래?"
"오늘은 쉴게요. 하고 오세요."

매주 화요일, 목요일 오후 6시 30분, 회사 4층 헬스장에 전문 트레이너가 방문해서 개개인에 맞춰 PT를 진행한다. 운동 강도가 센 편인데도 직원들은 싫어하는 기색 없이 트레이너의 지시에 따라 꿋꿋하게 운동을 수행해 나간다. 운동이 끝나면 직원들은 바닥에 주저앉아 거친 숨을 몰아쉬며 휴식을 취한다. 얼굴은 온통 땀으로 범벅 돼 있지만, 표정은 밝다.

팀장님은 특별한 경우를 제외하고는 매일 퇴근 후 회사 헬스장에서 웨이트 트레이닝을 한다. 팀장님께 여쭤본 적이 있다. 그렇게 일을 많이 하고 저녁에 운동하는 게 힘들지 않느냐고. 팀장님은 퇴근 후 운동하는 그 시간이 유일하게 스트레스를 풀 수 있는 시간이라고 했다. 주말에는 가족과 함께하기 때문에 개인적으로 시간 내기가 더 어렵다고 한다. 그렇기 때문에 퇴근 후 운동 시간이 너무나 소중하다고. 팀장님은 항상 커다란 헤드폰을 쓰고 음악을 크게 튼 상태로 운동을 했는데 왜 그렇게 하는지 그제야 이해가 되었다. 퇴근 후 운동하는 시간만큼은 그 누구에게도 방해받고 싶지 않은 것이다.

나도 일주일에 한두 번은 퇴근 후 집 근처 공원에서 맨몸 운동을 한다. 가볍게 스트레칭을 하고 맨몸 스쿼트, 턱걸이, 푸샵, 딥스, 버피테스트 등을 차례로 해나간다. 처음에는 가볍게 시작하지만, 운동이 끝날 즈음이면 온몸이 당기고 옷은 땀으로 흥건해진다. 운동을 마치면 상쾌함과 함께 기분 좋은 피로가 몰려온다. 그렇게 하루 동안 쌓인 스트레스를 땀에 녹여 내보내면 다음 날을 시작할 수 있는 에너지가 채워지는 것이다.

몸을 키우기 위한 웨이트 트레이닝, 체력을 높이기 위한 크로스핏, 시간과 장소에 제한이 없는 맨몸 운동 등. 퇴근 후 뭘 해볼까 고민하는 분들께 몸을 가꾸는 운동을 권해 본다. 퇴근 후 한 시간의 운동이 인생을 바꿀 수 있다. 아직 고민 중이라면 한번 시작해 보는 것은 어떨까? 밑져야 본전이다.

슈퍼 히어로 마동석과 우람한 갑빠

영화 〈범죄도시〉에서 마동석은 악당을 소탕하는 슈퍼 히어로 형사로 나온다. 웬만한 깡패는 물론이고 조직 폭력배 두목도 꼼짝 못 한다. 그의 두툼한 팔 근육은 정장을 찢고 나올 것만 같다. 그 팔로 악당의 싸대기를 한 대 올리면 여지없이 저 멀리 날아가고 정신을 잃는다. 그 누구도 막을 수 없는 완력. 현실판 슈퍼 히어로의 모습이다. 그의 두툼한 팔뚝과 우람한 가슴 근육은 남자의 로망이다.

나는 어릴 적부터 약한 체질이었다. 이런저런 잔병 치레로 병원을 드나들었고 마른 몸에 뼈대 역시 가늘었다. 많이 먹는다고 먹어도 살이 찌지 않았고 그렇기 때문에 덩치가 큰 사람이 부러웠다.

대중이 선호하는 몸짱은 시대에 따라 트렌드를 탄다.

80년대에는 변강쇠 이대근의 마초 스타일이
90년대에는 송승헌의 큼직한 갑빠가
2000년대에는 권상우의 매끈한 복근이 워너비였다.

90년대 인기 드라마 〈사랑을 그대 품 안에〉의 주인공 차인표의 갑빠가 나에게는 로망이었다. 당시 거울 앞에서 웃통을 벗고 차인표처럼 가슴에 힘을 줘봤는데 거울에 비친 모습은 삐쩍 마른 몸과 앙상한 팔이 전부였다.

고2 때 우리 반에서는 팔굽혀펴기가 유행이었다. 저녁을 먹고 야간 자율학습 시간에 교실 뒤에 모여 삼삼오오 팔굽혀펴기를 했다. 우리 반에는 '갑빠맨'이라 불리는 친구가 있었다. 보통은 팔굽혀펴기를 바닥에서 하는데 그 친구는 웃통을 벗고 책상에 발을 올린 상태에서 했다. 그것도 50개를 한 번에! 팔굽혀펴기를 끝내면 일어서서 가슴에 힘을 주고 가슴 근육이 한쪽씩 움직이는 것을 보여줬다. 리듬에 맞춰 웨이브를 타는 우람한 가슴 근육이 그렇게 부러울 수 없었다. 나도 그 친구처럼 우람한 갑빠를 가지고 싶었다.

헬스 세계에 입문

고2 때 팔굽혀펴기를 시작했다. 도구도 필요 없고 엎드려서 팔을 굽혔다가 펴기만 하면 되는 것이다. 처음에는 어려웠지만, 시간이 지나면서 조금씩 횟수가 늘었다. 한 번에 할 수 있는 횟수가 30회를 넘어가자 자신감이 붙었다. 나도 이제 갑빠가 나오겠지 싶었는데 아무리 거울을 보면서 힘을 줘도 큰 변화는 없었다. 그래도 꾸준히 했다. 손바닥을 모아서 해보고 넓게 벌리고도 해보았다. 하다 보니 어느 순간 우리 반의 갑빠맨처럼 책상에 발을 올리고 팔굽혀펴기를 할 수 있게 되었다. 하지만 여전히 갑빠는 나오지 않았고 가슴에 힘을 줘도 가슴근육이 살짝 갈라지게 보이는 정도가 전부였다. 팔굽혀펴기는 꾸준히 했지만, 체중은 변함이 없으니 우람해질 수 없는 것이 당연했다.

수능시험을 보고 대학에 가기 전까지 한 달 정도 시간이 있었다. 아버지가 운동을 하라며 동네 헬스장에 등록을 해줬다. 조그만 헬스장이었지만 운동 기구는 깔끔했고 정리도 잘되어 있었다. 관장님은 키가 무척 작았지만, 몸이 빵빵했다. 만화에 나오는 뽀빠이의 실사판이었다.

등록을 하고 다음 날 관장님이 기구 사용법을 알려줬고 한 번씩 해보도록 했다.

가슴 운동을 하는 벤치프레스
어깨 운동을 하는 숄더프레스
허벅지 운동을 하는 레그프레스
허벅지 뒤쪽 운동을 하는 레그컬
팔 운동을 하는 프리쳐컬
바벨과 덤벨을 사용하는 방법 등등.

운동마다 무게에 맞춰 12회씩 3세트를 했는데 그렇게 한 번 돌고 나니 다음 날에는 근육통으로 온몸이 비명을 질렀다. 그다음 날에는 아무것도 안 했는데 근육통이 더 심해졌다. 그렇게 이틀 동안 끙끙 앓았는데, 가슴 속 깊은 곳에서부터 솟구치는 뿌듯함이 있었다. 몸 안에서 근육이 크고 있다는 느낌이랄까? 나도 이제 갑빠맨이 될 수 있겠구나 싶어 헬스장에 가는 하루하루가 즐거웠다.

복근을 내주고 우람한 팔뚝을 얻다

대학에 입학하고 나서 어떤 동아리에 가입할지 고민했다. 내가 꿈꾸던 동아리는 주말에 선후배가 어울려 강촌으로 엠티를 가고 밤에는 모닥불 앞에서 통기타를 치며 노래 부르는 화기애애한 동아리였다. 사랑과 우정이 꽃피는 훈훈한 동아리. 대학에 들어가면 그런 동아리 생활이 시작될 줄 알았다.

2000년대 초반 내가 신입생이던 시절에는 하얀 전지에 붓글씨로 동아리 홍보 대자보를 써서 신입생을 모집하는 방법이 일반적이었다. 지금도 기억이 생생하다. 후문 앞 하얀 전지에 크게 쓰인 동아리 홍보 글.

남자가 되고 싶은 자만 들어와라.

-역도부

그 문구 하나에 꽂혔다. 단순하면서 명료했다. 진정한 남자가 되려면 가입해야 했다. 가슴이 뛰고 설레었다. 바로 공과대 지하실에 있는 동아리 방으로 가서 대자보에 적힌 연락처로 전화를 했다. 잠시 후 역도부장이라는 선배가 동아리 방으로 내려왔다. 스포츠형으로 바싹 자른 짧은 머리에 트레이닝복 바지, 하얀 민소매 상의, 바지 주머니에 손을 넣고 천천히 동아리 방으로 내려온 부장 선배의 분위기는 장난이 아니었다. 키는 작았지만 팔뚝이 굵었고 주위를 압도하는 카리스마가 있었다. 동아리 이름은 역도부지만 역도를 하는 게 아니라 웨이트 트레이닝을 하는 동아리라고 했다. 예전에는 웨이트 트레이닝이라는 용어 대신 역도라는 용어를 사용했다고 한다.

부장 선배의 카리스마에 눌려 그 자리에서 바로 입회원서와 서약서를 썼다. 서약서 내용은 만약 동아리 탈퇴를 하면 그에 상응하는 벌을 받게 된다는 것이었다. 지금은 상상하기 어렵지만, 그 당시에는 그것 역시 멋있어 보였다. 남자가 되는 길은 쉽지 않은 거니까. 이제 나도 진정한 남자가 될 수 있겠구나 싶었다.

동아리에 가입하고 한 달 동안 훈련 기간을 거쳤다. 훈련은 운동장에서 진행했는데 기초적인 맨몸 운동과 유산소 운동을 했다. 훈련 시간은 한 시간 남짓이었는데 그 시간이 왜 그렇게 안 가던지. 하루하루가 정신적, 육체적 도전의 연속이었다. 스무 명 남짓이었던 동기는 훈련 기간 동안 열 명으로 줄었고 결국에는 세 명만 남게 되었다. 어찌 되었든 그런 훈련 과정을 거쳐 비로소 정식 부원으로 인정을 받았고 운동기구를 만질 수 있게 되었다.

본격적으로 동아리에서 웨이트 트레이닝을 시작했는데 고등학교 때 갑빠를 만들려고 하던 팔굽혀펴기가 도움이 되었다. 동아리에서 하는 운동량이 적지 않았지만, 여전히 내가 원하는 만큼 몸이 커지지는 않았다. 대신 데피니션(근 선명도)은 확실히 좋아졌다.

축제의 계절인 5월. 동아리에서는 축제 기간에 보디빌딩 대회를 열었는데 나는 신입생 대표로 대회에 참석하게 되었다. 선배들에 비하면 한참 부족한 몸이었지만 500여 명의 학우들로 꽉 찬 대강당에서 보디빌딩 포즈를 취한다는 것이 나에게는 의미 있는 경험이었다. 대회에 출전하는 막내라 정식 포즈를 취하며 분위기를 띄우는 역할이 주된 임무였고 결과는 예선 탈락이었다.

동아리에서는 몸이 커야 인정을 받았다. 당시 나는 선명하게 복근이 보이는 데피니션형이었다. 보디빌딩 대회를 홍보하려고 축제 기간에 신입생들은 웃통을 벗고 학교 이곳저곳을 돌아다니며 학생들에게 스티커를 받았다. 스티커를 붙여주는 학생들이 내 몸이 딱 보기 좋다며 부럽다고 얘기했는데 나는 공감할 수 없었다. 벌크형의 선배들이 부러웠고 내 몸은 왜소하다고만 생각했다.

1학년 정규 수업이 끝나고 겨울 방학이 되었다. 선배들은 나에게 방학 동안 확실히 몸을 키우고 오라는 숙제를 내줬다. 그해 겨울 나는 몸을 불리고자 많이도 먹었다. 하루에 한 끼는 백숙을 먹었고 내가 먹을 수 있는 한계까지 먹기를 반복했다. 두 달 동안 그렇게 먹다 보니 몸이 불어난다는 느낌이 들었다. 겨울 방학이 끝났을 때 몸무게가 10킬로그램은 늘어 있었다. 아직도 생생하게 기억난다. 오랜만에 내가 아끼는 아디다스 저지를 꺼내 입고 지퍼를 올렸는데 가슴과 팔 쪽에 끼는 느낌이 들었다. 헐렁하던 옷이었기 때문에 그 끼는 느낌이 낯설었고 나쁘지 않았다. 그렇게 원하던 우람한 갑빠와 팔뚝을 나도 갖게 된 것이다. 대신 선명하게 보이던 복근은 뱃살 안으로 자취를 감췄다. 마치 원래부터 없었던 것처럼 흔적도 없이 말이다.

그 후에도 동아리에서 꾸준히 운동을 했다. 벤치프레스를 하고 스쿼트를 하고 덤벨을 들었다. 그리고 갑빠를 더 키우고 유지하려고 꾸준히 먹었다. 그러다 보니 어느 순간 나도 선배들처럼 벌크형이 되어 있었다.

보여주기 몸에서 실전 근육으로

대학을 졸업하고 보병학교에서 4개월 동안 OBC(Officer's Basic Course) 훈련을 받았다. 훈련 기간 중 2주간의 유격 훈련이 가장 힘들었다. 유격 기간에는 1주 차에 '도피 및 탈출'이라는 훈련을 하고 2주 차에 일반적인 체력 훈련을 했는데 아직도 1주 차 도피 및 탈출을 생각하면 아찔하다. 적에게 쫓기는 상황을 가정해 1주 동안 완전 군장으로 10여 명의 분대가 빠른 속도로 산을 타야 한다. 낮과 밤 구분 없이 거의 뛰다시피 이동하는데 중간에 낙오를 할 수가 없다. 내 몸 하나 움직이는 것도 힘든데 누군가 낙오하면 그 사람의 짐을 분대원이 나눠져야 하기 때문에 그 부담을 넘길 수 없는 것이다. 체력이 바닥나고 정신력으로 간신히 버티는 상황. 극도로 예민해진 상태이기 때문에 인간의 본성이 드러난다. 누군가는 상대방을 배려하고 누군가는 짜증을 내고 누군가는 포기한다. 너무 힘들어서 산에서 뛰어내리는 게 낫겠다고 생각할 정도다. 나중에 들어보니 나만 그런 것이 아니라 동기들도 비슷한 상태였다.

2주간의 유격 훈련이 끝나고 나는 웨이트 트레이닝을 그만하기로 했다.

산에서 뛰어다니는 데는 웨이트 트레이닝으로 만들어진 갑빠와 벌크형 몸이 별 도움이 되지 않았다. 오히려 거추장스럽게 느껴졌다. 웨이트 트레이닝을 하려면 덤벨과 기구가 있어야 하는데 야전에서는 그런 운동 기구를 접하기 어렵고 꾸준히 하기도 어렵다. 대신 어디에서든 할 수 있는 맨몸 운동을 해야겠다고 생각했다. 매일 꾸준히 할 수 있어야 하고 장소에 구애받지 않아야 하며, 짧은 시간에 최대 효과를 낼 수 있는 맨몸 운동이어야 했다. 다양한 시도 끝에 내가 생각한 조건에 맞는 세 가지 운동을 찾았다.

상체 운동의 끝판왕이라 불리는 턱걸이.
하체 운동의 기초, 단순하지만 최고의 효과가 있는

맨몸스쿼트.

어디서든 할 수 있고 체력 증진에 최고인 달리기.

군대에 있을 때는 웨이트 트레이닝 대신 이 세 가지 운동만 했다.

턱걸이 20개를 한 번에 한다는 것

맨몸 운동과 집에서 하는 홈 트레이닝이 유행이다. 헬스장에서 하는 웨이트 트레이닝이 여전히 높은 비중을 차지하지만 요즘은 유튜브 시대가 아닌가. 유튜브 덕분에 코치가 없어도 누구나 동영상을 보며 운동 방법을 배워 집에서 운동을 할 수 있게 되었다. 유튜브 영상을 틀어두고 거기에 맞춰 운동하는 것도 꾸준히 하면 효율이 좋은 것 같다. 헬스장에 가서 운동을 하든 집에서 운동을 하든 꾸준히 하는 것이 핵심이다.

나는 퇴근 후 맨몸 운동을 하는데 특히 턱걸이를 좋아한다. 턱걸이를 할 수 있는 철봉은 공원이나 학교에 가면 그리 어렵지 않게 찾을 수 있다. 집에서도 문틀에 간단하게 설치할 수 있어 언제, 어디서든 할 수 있다. 턱걸이는 보기에는 쉬워 보이는데 막상 해보면 매달리는 것부터 어렵다는 것을 알 수 있다. 보통 성인 남자가 1분 이상 철봉에 매달리는 것도 쉽지 않다. 나도 처음에는 매달리는 것부터 시작했다. 전완근과 악력이 어느 정도 받쳐줘야 턱걸이를 할 수 있는데 시간이 날 때마다 철봉에 매달리고 또 매달렸다. 철봉에 매달려 있다 보면 어느 순간 전완근이 저려오고 손가락 힘이 빠지면서 철봉을 놓치게 되는데 그런 실패 지점까지 계속 시도하다 보면 매달리는 시간이 조금씩 늘어난다. 그렇게 해서 1분 이상 철봉에 매달릴 수 있게 되었을 때 본격적으로 턱걸이를 시도했다.

턱걸이는 그립에 따라 풀업(Pull-up), 친업(Chin-up)으로 구분한다.

풀업은 봉을 잡을 때 손등을 바라보는 오버핸드 그립이고 봉을 넓게 잡는다. 우리가 일반적으로 생각하는 턱걸이가 풀업인데 전완근과 삼두근 그리고 광배근 발달에 도움이 된다.

친업은 봉을 잡을 때 손바닥이 보이는 언더핸드 그립이 되고 보통 어깨보다 좁게 잡는다. 우리가 일상 생활에서 사용하는 이두근을 많이 사용하기 때문에 풀업 보다 많은 개수를 할 수 있다.

나는 배치기를 하지 않고 한 번에 천천히 풀업 20회 하는 것을 목표로 잡았다. 턱걸이를 한 번에 10회까지 하는 데는 1년이 걸리지 않았다. 하지만 턱걸이 20회를 한 번에 할 수 있을 때까지는 10년이라는 시간이 걸렸다. 턱걸이를 할 때 무리하지 않고 할 수 있는 개수까지만 하고 내려왔기 때문이다. 한 달 동안 매일 11회를 하고 그 다음 달에는 12회를 하고. 그리고 그 다음 달에 13회를 시도하는데 안 되면 다시 12회를 한다. 무리하지 않고 꾸준히 했다. 무리해서 턱걸이를 하다가 힘들어서 질리면 아예 하지 않게 되리라는 것을 알고 있기 때문이다. 그러는 사이 시간은 흘렀고 내 상체는 역삼각형으로 변했다. 등이 두꺼워지면서 넓어진 것이다. 하지만 턱걸이 횟수는 꽤 오랫동안 17회에 멈춰 있었다.

2017년은 턱걸이를 시작한 지 10년째가 되던 해였다. 턱걸이를 시작할 때 목표로 정한 턱걸이 20회를 해야 할 때가 된 것 같았다. 오랜 세월 숙제로 가지고 있던 턱걸이 20회였다. 그동안은 턱걸이를 할 때 무리하지 않았지만 20회를 하려면 내가 가지고 있는 모든 힘을 쏟아 부어야 한다. 마음을 단단히 먹고 턱걸이

20회 숙제를 풀기로 했다. 그때부터는 턱걸이를 할 때 손에 힘이 풀려서 못할 때까지 매달리고 하나라도 더 하려고 온 몸의 힘을 짜냈다. 전완근이 최대치로 펌핑되었고 쥐가 날 것 같은 느낌이 들었다. 하지만 17회에서 1회 늘리기도 쉽지 않았다. 18회를 시도하다가 떨어지기를 반복했다. 그렇게 두 달이 지나고 가을이 왔다. 일요일 아침이었는데 날씨가 좋아 한강에 자전거를 타러 갔다. 잠실에서 출발해 잠실철교를 건너 뚝섬을 지나 용비교를 넘었다. 그리고 옥수교 근처에 있는 철봉을 보고 멈췄다. 뭔가 느낌이 좋았다. 자전거를 철봉 옆에 세워두고 턱걸이를 시작했다. 내 최대치인 17회까지 했는데 1회 더 할 수 있을 것 같았다. 18회를 했는데도 힘이 조금 남았다. 19회를 했다. 이미 내 최대치 17회에서 2회나 넘어선 것이다.

'1회 더 할 수 있을까? 1회만 더 하면 10년 동안 내가 갖고 있던 턱걸이 20회 숙제를 끝내는 건데. 1회만 더 해보자. 힘을 내자.'

잠시 숨을 고르고 손 위치를 살짝 바꿔서 20회를 시도했다. 전완근과 광배근, 복근의 힘을 모두 짜내 집중했다. 아주 천천히 몸이 올라가기 시작했다. 조금씩 조금씩. 그렇게 20회째를 간신히 성공했다. 바로 내려오지 않고 5초 정도 더 매달려 있다가 철봉에서 내려왔다. 10년 전 목표로 한 턱걸이 20회를 드디어 성공한 것이다. 한참 동안 철봉 옆에 있는 벤치에 앉아 숨을 고르며 한강을 물끄러미 바라봤다. 풀리지 않던 숙제를 끝냈을 때의 홀가분함과 뿌듯함.

지금도 퇴근 후 턱걸이를 계속하고 있다. 하지만 그후 턱걸이 20회를 다시 시도하지는 않았다. 아직 내 몸이 턱걸이 20회를 가볍게 하고 버틸 수 있는 상태가 아닌 것이다. 하지만 알고 있다. 이렇게 계속 해 나가다 보면 언젠가는 20회를 가볍게 하고 또 30회까지 할 수 있게 되리라는 것을 말이다. 중요한 건 무리하지 않고 계속해 나가는 것이다.

헬스에서 맨몸 운동으로

TIPS

1. 집에서 유튜브를 보며 할 수 있는 가벼운 맨몸 운동부터
시작하기를 추천한다.

---

2. 자신이 원하는 몸을 이미지화해서 핸드폰 배경화면
으로 설정해 두거나 운동할 때 머릿속에 그려보면
도움이 된다.

---

3. 나만의 특기가 될 수 있는 운동을 하나 만들어 보자.
ex) 한 번에 버피 100개 하기

2장

—

달리고 걷다가
때로는 산으로

달리기, 걷기, 산행

일에 쫓겨 정신없이 생활할 때가 있다. 잦은 회식에 야근, 불규칙한 식습관이 이어지다 보면 어느 순간 걸을 때 무릎이 아파오기 시작한다. 허리도 살살 신호를 주고 바지를 입었을 때 끼는 느낌이 난다. 살을 빼야 할 시기가 된 것이다. 그럴 때 나는 달리기를 시작한다. 사람마다 선호하는 시간이 있지만, 개인적으로 퇴근 후 저녁에 하는 달리기를 좋아한다. 아침에 달리기를 하면 운동 효과는 더 좋지만, 시간에 쫓기다 보니 마음 편히 할 수 없고 피곤함이 오랫동안 지속돼 업무에 지장을 줄 수 있기 때문이다.

살을 빼려는 목적의 달리기는 한 달 동안 하는데 퇴근 후 30분이면 충분하다. 집에서 옷을 갈아입고 집 근처에 있는 석촌호수에 가서 두 바퀴를(약 5킬로미터) 돌면 30분이 걸린다. 빠르게 달리는 사람은 20분에 두 바퀴를 도는데 그에 비하면 내 속도는 걷는 것보다 조금 빠른 수준이다. 천천히 두 바퀴를 달릴 때도 있고 빠르게 한 바퀴를 뛸 때도 있다. 그날그날 기분에 따라 달리면 되는 것이다. 중요한 것은 무리해서 뛰지 않는 것. 갑자기 더 달리고 싶을 때가 있는데 그때 너무 무리하면 다음 날 지쳐서 달리고 싶지 않게 된다. 즐거운 마음으로 달리기를 할 수 있도록 자신의 체력에 맞게 적절히 조절해야 한다. 그렇게 한 달 동안 퇴근 후 달리기를 하고 먹는 걸 조절하면 몸무게가 3~4킬로그램 줄어든다. 한 달 동안 충분히 달리기를 했기 때문에 그 후에는 걷기로 전환한다.

달리기와는 다른 걷기만의 매력이 있다. 달리기를 할 때는 호흡에 집중해야 해서 무언가를 생각하기 어렵다. 하지만 걷기를 할 때는 여유 있게 이런저런 생각을 할 수 있다. 달리기와 비교해 운동 효과는 떨어지지만, 천천히 걸으며 지나가는 사람과 풍경을 구경할 수 있고 생각을 정리할 수 있다. 나는 퇴근 후 한 시간의 걷기에서 많은 것을 얻었다. 아무리 복잡한 문제가 있어도 걷다 보면 자연스럽게 생각이 정리되고 해결점을 찾게 되는 경우가 많았다. 스트레스를 잔뜩 받은 날은 퇴근 후 그대로 시내를 걷거나 환경이 다른 곳으로 가서 걸어본다. 걷다 보면 어느새 스트레스가 풀리고 그렇게 집에 돌아오면 편안한 마음으로 저녁 시간을 보낼 수 있다. 만약 스트레스를 받은 상태 그대로 집에 돌아오면 아무 것도 못하고 저녁 시간이 흘러갈 가능성이 크다.

날씨가 좋은 금요일에는 퇴근 후 가볍게 산행을 할 수도 있다. 야간 산행은 낮에 가는 것과는 또 다른 매력이 있는데 초행길이라면 '프립(Frip)'같은 앱을 이용해 다른 사람들과 함께 갈 수 있다. 가이드가 안내를 해주고 다양한 사람들과 얘기하며 산행할 수 있는데 한 번 다녀오면 여운이 길어 또 한 주를 버틸 힘을 준다. 시간이 된다면 주말에 한 번씩 산에 가는 것도 좋다. 넉넉하게 시간을 갖고 가까운 곳부터 올라가 보면 등산의 매력을 느낄 수 있다. 우리나라만큼 등산하기 좋은 나라도 없다. 다양한 높이의 아름다운 산이 전국 각지에 분포하고 있는데 혼자 가도 좋고 사람들과 함께 가도 좋다. 산에 올라가며 볼 수 있는 아름다운 풍경과 정상에서 느낄 수 있는 성취감은 그 무엇과도 바꿀 수 없는 즐거움이다.

달리기와 걷기, 그리고 산행. 가볍게 시작해 보자.

석촌호수 달리기

퇴근 후 저녁 시간에 석촌호수에 가면 운동하는 사람이 많다. 달리기를 하는 사람도 있고 걷기를 하는 사람도 많다. 동호회에서 단체 티를 맞춰 입고 달리기를 하는 팀도 있고 한국체대 운동복을 입고 달리는 운동선수도 있다. 도란도란 이야기를 나누며 걷는 아주머니, 경보처럼 빠른 걸음으로 걷는 사람 등 다양한 이들이 저녁 시간에 석촌호수에서 운동을 한다.

석촌호수는 우레탄 바닥이라 달리기를 하다 보면 뒤에서 뛰어오는 발소리가 잘 들린다. 사람마다 걸음걸이가 다르듯이 달리기를 할 때 나는 발소리도 다르다. 나는 발소리를 듣고 그 사람이 어떻게 달리는지, 달리기 경력이 얼마나 됐는지, 얼마나 잘 달리는지를 유추해 본다.

나처럼 오랜만에 달리기하는 사람은 발소리가 무겁고 소리 간격이 길다. "쿵-쿵-쿵-쿵"

어느 정도 꾸준히 달리기를 한 사람의 발소리는 가볍고 리듬감이 있다. "탁-탁-탁-탁"

가끔 한국체대 학생이 짝을 지어 달리기할 때는 바로 알아차릴 수 있다. "타다다닥"

"타다다닥" 발소리가 들리나 싶으면 어느 순간 스쳐서 앞질러 간다. 도저히 따라갈 수 없다. 그리고 어느 정도 달리다 보면 그 친구들이 또 "타다다닥" 발소리를 내며 빠르게 앞질러 간다. 한 바퀴 돌고 또 한 바퀴를 앞질러 가는 것이다.

내가 달리기를 하는 저녁 시간에 자주 마주치는 분들이 있다. 특히 기억에 남는 이는 키가 큰 여성과 키가 작은 여성이다. 항상 그 두 사람이 짝을 지어 달리기를 하는데 어느 순간 나를 스쳐 앞질러 간다. 오랜 시간 규칙적으로 달리기를 했다는 것을 느낄 수 있다. 내가 설정해 둔 골인 지점 500미터 앞에서부터는 나도 전속력으로 달리는데 그때가 유일하게 두 사람을 앞지를 수 있는 기회다. 그때를 제외하고 내가 그 두 사람을 앞질러 가는 일은 없었다. 그분들과 얘기해 본 적은 없지만 동지 같은 친밀감을 느낀다. 달리기할 때 그분들이 보이지 않으면 허전했다. 그렇게 달리기를 하다가 어느 정도 몸무게가 줄면 달리기를 멈추고 휴식기에 들어간다.

그렇게 한참 동안 달리기를 하지 않았다. 동네 주변을 걷거나 한강에 가서 걷기를 했지만 퇴근 후 석촌호수에 가지 않은 시간이 꽤 길어졌다. 시간이 흘러 다시 무릎이 아파오기 시작했다. 달리기를 다시 시작해야 할 시기가 된 것이다. 마음을 단단히 먹고 퇴근 후 석촌호수에 갔다. 카페 고고스 앞에 있는 석촌호수 입구에서 가볍게 몸을 풀고 달리기를 준비하고 있는데 뒤에서 익숙한 발소리가 들렸다. 혹시나 하고 뒤돌아봤는데 자주 마주치던 키가 크고 키가 작은 여성 두 사람이 뛰어오고 있었다. 오랜만에 봤지만 마치 어제 본 것 같은 묘한 기분이 들었다. 그분들은 내가 쉴 때도 꾸준히 달리기를 했던 것이다. 예전보다 발소리가 가벼웠고 리듬감이 느껴졌다. 확실히 더 빨라졌다. 그분들이 나를 스쳐 지나갈 때 반가운 마음에 나도 모르게 미소가 지어졌다. 그분들이 멀어지는 모습을 바라보다가 나도 달리기를 시작했다.

"쿵-쿵-쿵-쿵"

반딧불이와 함께 달리기

초등학교 때 체력장으로 오래달리기를 하면 항상 중간보다 뒤에서 결승선을 통과했다. 숨이 넘어갈 정도로 열심히 뛰어야 겨우 체력장 커트라인을 통과하는 정도였다. 오래달리기는 매년 할 때마다 괴로웠다. 나는 달리기에 소질이 없었다.

어느 날 문득 달리기를 해야겠다고 생각했다. 그게 고등학교 1학년 때였다. 집에서 2킬로미터 거리에 천지연폭포가 있었는데 주말마다 새벽에 천지연폭포 앞까지 뛰어갔다가 폭포 옆에 있는 약수를 마시고 다시 집까지 뛰어왔다. 집에서 천지연까지 갈 때는 내리막길이었는데 돌아올 때는 오르막길이었다. 집에 도착하면 온몸이 땀으로 뒤범벅되어 있었고 제대로 숨을 쉴 수 없을 정도로 힘들었다. 하지만 새벽에 그렇게 뛰고 나면 온종일 상쾌한 기분이 들었다. 처음에는 혼자 뛰었지만, 나중에는 친구도 몇 명 설득해서 같이 뛰었다. 그렇게 몇 달 동안 달리기를 지속했다. 하지만 이런저런 이유로 한 번씩 빼먹다 보니 어느 순간 달리기를 하지 않고 있었다. 갑자기 시작했다가 그렇게 흐지부지된 것이다.

시간이 흘러 OBC에서 훈련을 받을 때 달리기를 다시 해야겠다고 생각했다. 부대에 배치되면 매일 아침 소대원들과 달리기를 해야 하는데 뒤처지면 그걸로 군 생활 끝나는 것이었다. 자대에 배치되기 전 4개월 동안 달리기를 많이 하고 체력을 키워야겠다고 생각했다.

OBC 훈련 기간 동안 일과가 끝나면 바로 옷을 갈아입고 달리기를 시작했다. 내가 생활하던 막사는 훈련소에서 제일 높은 곳에 있었는데 거기에서 정문까지 내려갔다가 올라오는 코스로 달리기를 했다. 그렇게 4개월 동안 꾸준히 달리다 보니 체력이 좋아졌고 달리기가 재미있어졌다. 엔도르핀이 온몸에 퍼지는 느낌과 함께 장거리 달리기를 하는 사람들이 느낀다는 러너스 하이도 가끔 느낄 수 있었다. 이래서 사람들이 달리기를 하는구나 싶었다.

OBC 훈련이 끝나고 자대 배치를 받았는데 기동 중대 소대장으로 발령 났다. 기동 중대는 언제 있을지 모를 출동에 대비해 구보(달리기)와 특공무술을 생활화한 부대다. 아침에 일어나서 소대원들과 5킬로미터 달리기를 했고 저녁에는 개인적으로 10킬로미터 달리기를 했는데 아무것도 보이지 않는 깜깜한 밤에 논길을 따라 달렸다. 어둠 속을 달리면 처음에는 깜깜하기만 하고 잘 보이지 않는다. 하지만 시간이 지나면 눈은 암순응하고 조금씩 주위에 있는 것들이 보이기 시작한다.

멀리 보이는 대월마을과
희미하게 보이는 가로등 불빛
손을 뻗으면 잡힐 것 같은 반딧불이 불빛

주위 논에서 들려오는 개구리 울음소리와
귀뚜라미의 협연
진하게 풍겨오는 풀 내음과 달릴 때 느껴지는
흙의 보드라운 감촉

이 모든 것을 혼자 누리기가 아까워 나중에는 달리기를 좋아하는 동료와 함께 그 길을 달렸다. 당시 정훈장교였던 이창진 대위님과 자주 달리기를 했는데 한 번은 달이 밝고 공기가 좋아 이런저런 얘기를 하며 20킬로미터를 달렸다. 많은 얘기를 했는데 어떤 얘기를 했는지는 기억나지 않는다. 다만 그때 달리기를 하는 우리를 비춰주던 보름달의 은은함과 대월마을의 정취, 흙의 감촉은 아직도 선명하게 기억난다.

해남 땅끝 마라톤 완주기(하프코스)

군대에서 유격 훈련은 행군으로 시작해서 행군으로 끝난다. 내가 근무하던 부대는 40킬로미터 야간행군을 하고 다음 날 유격장으로 이동해 훈련을 시작했다. 그리고 유격 훈련 마지막 날에도 야간행군을 하고 마무리했다.

우리 부대에는 매일 달리기를 하는 병기관님이 있었다. 마라톤 대회가 있으면 빠지지 않고 참여하는 달리기 애호가였는데 곧 열리는 마라톤 대회에 함께 가자고 나에게 제안했다. 해남에서 열리는 땅끝 마라톤 대회였는데 부대에서 한 시간 반 차를 타고 이동하면 갈 수 있었다. 마라톤 대회 다음 날부터는 유격 훈련이라 바로 야간행군을 해야 하는 스케줄이었다. 살짝 걱정되기도 했지만, 이때 아니면 언제 또 해남에서 마라톤을 해볼까 싶어서 출전하기로 했다.

정식으로 대회에 나가는 것은 처음이었다. 병기관님은 풀코스를 신청했고 나는 하프 코스로 참가했다. 대회 당일 설레는 마음으로 일찌감치 일어나서 가볍게 부대 주변을 한 바퀴 돌고 해남으로 이동했다. 마라톤 대회가 열리는 장소에 출발 시간 30분 전에 도착했는데 생각보다 많은 사람이 나와 있었다. 대회에 참가하는 사람은 가볍게 몸을 풀고 스트레칭을 하고 있었고 여기저기 돗자리를 깔고 집에서 싸 온 간식을 먹으며 참가자를 응원하는 가족, 친구의 모습도 보였다. 마라톤 대회라기보다는 흥겨운 축제의 장 같은 분위기였다.

출발을 앞두고 병기관님과 몸을 풀고 있는데 부대 작전 과장님이 보였다. 70대인 아버지가 마라톤에 참가해서 응원하러 왔다고 했다. 작전 과장님은 다음 날 행군을 해야 하는데 마라톤을 뛰어도 괜찮겠느냐고 물었다. 나는 평소 달리기를 꾸준히 하고 있기 때문에 문제없다고 말씀드렸고 작전 과장님은 무리하지 말고 잘 뛰라며 격려해줬다.

출발 신호와 함께 힘차게 달리기를 시작했다. 참가

자가 많아 초반에는 속도를 낼 수 없었다. 하지만 10분 정도 달리다 보니 정체도 없고 마음껏 속도를 낼 수 있었다. 몸이 가볍고 컨디션이 좋았다. 더 빨리 뛰고 싶었는데 초반에 힘을 쓰면 후반부에 힘들까 봐 자제하며 달렸다. 도로 옆에서 구경하는 사람들이 파이팅을 외쳐줬고 어떤 이는 몇 백 미터를 같이 뛰며 응원해줬다. 햇살은 뜨겁지 않았고 적당히 구름도 있어 달리기하기에 최고의 환경이었다. 10킬로미터를 지났을 때는 도로 옆에 있는 음료수를 집어서 마셨다. 많은 이들의 응원을 받으며 함께 달린다는 것이 좋았다. 하지만 15킬로미터를 지나면서부터는 즐겁지 않았다. 무릎에 심한 통증이 느껴졌기 때문이다. 평소 부대 주변에 있는 흙길만 달리다가 아스팔트 위를 달리니 무릎에 무리가 간 것이다. 무릎 관절도 아프고 발바닥도 아팠다. 그동안 달리기를 할 때 한 번도 아파 본 적이 없는 부위였다. 아마 그렇게 무리해서 달린 적은 없었기 때문일 것이다. 통증이 시작되고 나서는 어떻게 골인점까지 갔는지 모를 정도로 힘들었고 정신을 차릴 수 없었다. 달리는 속도가 걷는 것과 비슷해졌다. 내 뒤에 있던 사람들이 한 명씩 나를 앞질러 가기 시작했는데 그대로 보고 있을 수밖에 없었다. 마음속으로는 나도 쭉쭉 앞으로 달려 나가고 싶었는데 도저히 몸이 말을 듣지 않았다. 마지막에는 겨드랑이도

털에 쓸리며 따끔거렸다.

'얼마나 더 가야 골인 지점이 나올까'
'여기서부터는 걸어가고 마지막에 좀 뛰어볼까'
'내일 행군이 있으니까 무리하지 말고
오늘은 그만하자'

달리면서 계속 포기할까 하는 생각을 했다. 걷고 싶었고 멈추고 싶었다. 이런저런 생각을 하며 달리는 사이 어느새 결승선을 통과했고 나는 그대로 땅바닥에 드러누워 한참을 그렇게 있었다. 보통 달리기를 할 때마다 기록을 쟀는데 대회에 참가해 보니 기록은 의미가 없다는 생각이 들었다.

마라톤 대회에 참가했다는 것
맑은 하늘을 보며 사람들의 응원을 받으며
달렸다는 것
달리기를 좋아하는 많은 사람과 함께
그 길을 달렸다는 것

그것만으로도 충분히 의미 있고 축하할 일이었다. 나는 결승선에 서서 한참 동안 완주를 한 이들에게 박

수를 보냈다.

그 후 오랜 시간 달리기를 하지 않았다. 하프 코스 완주 이후에 한동안 무릎이 아파 달릴 수 없기도 했고 뭔가 달리기에 대한 재미를 잃었다고나 할까.

땅끝 마라톤 대회에 참가하기 전에는 달리기를 할 때마다 시간을 재서 기록하고 그 시간을 단축하려고 노력했다. 목표를 설정하고 측정하는 것에 익숙해져 있었기 때문이다. 하지만 대회 이후로는 달리기할 때 시간을 재지 않게 되었다. 달리기 자체만으로도 충분히 의미가 있기 때문이다. 대신 천천히 달리면서 달릴 때의 즐거움을 온몸으로 느끼려고 한다.

*마라톤 대회 다음 날 행군은 무사히 마쳤다. 하지만 무릎 통증은 그 후로도 꽤 오랜 시간 나를 괴롭혔다.

리젠트 파크와 고나 플라이 나우

셜록 홈즈의 집으로 나오는 런던의 베이커 스트리트 221B. 그 근처에 리젠트 파크가 있는데 공원 안을 걷다 보면 다양한 사람이 보인다. 크리켓을 하는 사람, 축구를 하는 사람, 요가를 하는 사람, 기체조를 하는 사람, 조깅하는 사람, 조용히 앉아 책을 보는 사람, 누워서 샌드위치를 먹는 사람 등등.

그중 내가 관심을 두고 지켜본 건 세네 명씩 모여 운동을 하는 그룹이었다. 30미터 인터벌 달리기를 하고 푸쉬업을 하고 버피테스트를 한다. 잠시 쉬었다가 또 다른 운동을 몇 개 섞어서 했는데 운동을 하는 사람들이 거칠게 숨을 쉬고 힘들어했다. 운동 두세 가지를 하고 1분 정도 휴식 시간을 갖는 것 같았다. 그렇게 20분 정도 운동을 했는데 끝나고 나면 모두 땀범벅이 돼 거칠게 숨을 몰아쉬었다. 그냥 보고만 있어도 운동 효과가 좋을 것 같았다.

한 번은 그 운동이 끝날 때까지 기다렸다가 코치인 듯한 사람에게 어떤 운동을 하고 있느냐고 물었다. 그 사람은 운동 이름이 '크로스핏'이라고 하며 장점을 한참 설명해줬다. 20분 정도 운동을 하는데 몸을 만드는 면에서 크로스핏만큼 효과가 좋은 운동이 없다고 했다. 한 번은 공짜로 해줄 테니 마음에 들면 일주일에 두 번씩 레슨을 받으라고 했다. 꽤 비싼 금액이라 가격을 듣고 흠칫 놀랐다.

지금은 우리나라에도 크로스핏 체육관이 많이 생겼다. 하지만 2007년 당시에는 크로스핏이 생소한 운동이었다. 크로스핏은 짧은 시간 동안 본인이 할 수 있는 최대치의 운동을 하고 짧게 휴식을 취한다. 다양한 육체 능력을 골고루 극대화하는 것을 목적으로 하는데 심폐지구력, 최대근력, 유연성, 민첩성, 균형감각, 스테미너, 속도 등이 포함된다.

크로스핏은 그리 어려울 것 같지 않았다. 일종의 서킷 트레이닝인데 적절히 휴식 시간을 조절하면서 몇 가지 운동을 섞어서 하면 될 것 같았다. 그래서 나도 공원에서 한 달 동안 혼자 크로스핏으로 운동을 했다. 운동 몇 가지를 정해서 최대치까지 빠르고 정확하게 운동하고 30초에서 1분 정도 휴식 시간을 가졌다. 20분 동안 운동을 하면 한동안은 움직이지 못할 정도로 힘들었고 며칠 동안 근육통으로 고생했지만, 확실히 운동 효과가 있었다. 이걸 사람들에게 가르쳐 주면 용돈은 벌 수 있겠구나 싶었다.

M은 내 첫 수강생이었는데 사이프러스가 고향이라고 했다. 사이프러스는 지중해 먼 동쪽에 있는 섬으로 터키 아래쪽, 시리아 서쪽에 있다. 사이프러스라는 나라는 그때 처음 알게 되었는데 우리나라와 같은 분단국가라고 했다. 우리는 운동을 마치면 공원에 있는 카페에 가서 음료를 한 잔씩 마셨다. 그녀는 보통 잉글리시 브랙퍼스트 티를 마셨고 나는 따뜻한 아메리카노를 마셨다. 음료를 마시며 이런저런 얘기를 했는데 분단국가 출신이라는 공통점이 우리를 더 친하게 묶어줬다. 그녀는 예전에 운동을 꽤 좋아했는데 글쓰기를 시작하면서 운동과 거리가 먼 생활을 하고 있다고 했다. 운동 목표는 리젠트 파크를 한 바퀴 달릴 수 있는 체력을 키우는 것이란다. 수업이 있는 날은 유튜브로 크로스핏 운동 방법을 찾아보고 그날그날 그녀의 컨디션에 따라 운동 조합

과 강도를 달리해서 트레이닝을 진행했다. 일주일에 두 번씩 했는데 처음에는 운동 강도를 약하게 하고 휴식 시간을 길게 가지고 갔다. 2개월이 지나고부터는 그녀의 체력이 눈에 띄게 좋아졌다. 하루하루 어떤 것을 먹는지 수첩에 기록하게 했는데, 그녀는 빠짐없이 기록했고 운동 시작 전 함께 리뷰해 보며 어떻게 식단을 짜야할지 방향을 잡았다. 운동하는 날 빠진 적이 없었고 늦은 적도 없는 모범생이었다.

그렇게 그녀와 8개월 동안 운동을 하고 내가 한국으로 돌아가야 할 시간이 되었다. 그녀는 이미 운동 시작 전 목표로 정한 몸무게가 되어 있었다. 마지막 수업 시간이 되었고 그녀가 처음에 목표라고 얘기한 리젠트 파크 달리기를 하기로 했다. 그녀는 천천히 달리기 시작했고 나는 자전거를 타고 뒤에서 따라갔다. 빠른 속도는 아니었지만, 처음부터 일정한 속도로 꾸준히 달렸다. 공원 입구에서 달리기를 시작했는데 보팅 호(湖)를 지나 런던 동물원을 지났다. 중간 지점을 넘었는데도 속도는 줄지 않았다. 하지만 마지막 1킬로미터를 남겼을 때는 숨이 거칠어졌고 힘들어하는 게 보였다. 그래서 내가 핸드폰으로 영화 〈록키〉 OST인 '고나 플라이 나우'를 크게 틀고 따라갔다.

"뺨바밤바 뺨바바밤 뺨바밤바 뺨바바밤"

록키가 본격적으로 운동을 시작하면서 달리기를
하는 장면이 있다.
록키가 강변을 따라 뛰기 시작하고 가속도가
붙어 전속력으로 달린다.
그리고 수많은 계단이 있는 필라델피아 미술관을
단숨에 뛰어올라 정상에서 두 손을 번쩍 든다.

M이 힘을 낼 수 있도록 음악을 틀어준 것인데 그게
너무 창피했나 보다. 강한 영국 엑센트로 "스톱 잇!"을
반복해서 외쳤다. '고나 플라이 나우'에 이어 영화 〈록
키3〉의 OST인 '아이 오브 더 타이거'도 틀어줬는데 그
때부터는 둘 다 웃음이 터졌다. 그래도 마지막까지 그
녀는 걷지 않았고 결국 리젠트 파크를 한 바퀴 달리는
데 성공했다. 우리는 카페에 앉아 성공적인 리젠트 파
크 달리기를 기념하며 브랙퍼스트 티와 아메리카노를
마셨다.

*이 글을 쓰다가 그녀가 어떻게 지내고 있는지 궁금했다. 그녀는 작
가로 성공해 있었다. 소설책을 스무 권 이상 출간했고 BBC 드라마 작가
로도 참여하는 유명인사가 된 그녀. 꿈은 이루어진다.

어제는 역사, 내일은 미스터리, 오늘은 선물!

영화 〈쿵푸팬더〉에서 주인공 포가 실력이 늘지 않자 모든 것을 포기하고 집으로 돌아가려고 한다.

그때 스승 우그웨이는 이렇게 얘기한다.

"You are too concerned with what was and what will be. There is a saying.
Yesterday is history, Tomorrow is a mystery, but TODAY IS A GIFT.
That is why it is called the Present."

"자네는 지난 일과 다가올 일을 너무 걱정하고 있어,
이런 말이 있다네.
어제는 역사요, 내일은 미스터리, 하지만 오늘은 선물
이라는 것.
그래서 오늘을 선물이라고 하는 걸세."

영국에서 지낼 때 제대로 영어에 빠져봐야겠다고 생
각하던 시기가 있었다. 수영을 잘하려면 물속에 들어가
서 몸을 움직여야 한다. 책상에 앉아 수영책을 읽고 코
치에게 설명을 듣는다고 수영 실력이 늘지 않는다. 직접
물에 들어가서 호흡을 해보고 손을 젓고 발차기를 하며
앞으로 나아가야 수영 실력이 느는 것이다. 영어도 마
찬가지라고 생각했다. 영어의 바다에 빠져야 비로소 영
어를 잘할 수 있게 되리라 생각했다. 그래서 3개월 동안
영어에만 집중할 수 있는 환경을 만들었다. 라디오를 사
서 온종일 LBC(London's Biggest Conversation) 방송을
틀어 뒀다. 영국 사람을 만나서 영어로 얘기했고 영어로
생각하려고 했다. 특히 저녁마다 템즈강변을 걸으며 영
어로 생각하는 연습을 했다.

내셔널갤러리에서 고흐의 '해바라기'를 보고 트라팔
가 광장을 지나 다우닝가 10번지를 지나간다. 빅벤까지
가서 잠시 템즈강을 보다가 웨스트민스터 브리지 앞에

서 좌측으로 꺾어서 올라간다. 거기서부터 오른편에 템즈강변을 끼고 걸어가는데 런던 브릿지까지 가면 4킬로미터다. 한 시간 정도의 거리. 그 시간에 나는 오로지 나에게 집중했고 이런저런 상상을 했다.

한번은 템즈 강변을 걸으며 '현재 상황'을 영어로 생각하고 있었다. 문득 '현재(Present) = 선물(Present)'이라는 말이 떠올랐다. 그 말이 갑자기 가슴에 와닿으며 울림을 주었다. 지금 이 순간이 가장 소중한 순간인데 과거에 있었던 일을 생각하며 후회하고, 미래를 준비한다는 이유로 현재를 희생하고 있는 건 아닌지 하는 생각이 들었다. 현재를 살아야 하는데 현재를 살고 있지 않았다.

> "미래에 이런 직업을 가지려면 이런 것을
> 준비해야 한다"
> "미래에 잘 살려면 이렇게 돈을
> 벌어야 한다"
> "미래의 노후 생활을 위해서는 이런 것을
> 준비해 둬야 한다"

과거 생각이 떠오르는 것은 당연하다. 미래를 미리 생각하고 준비하는 것 역시 자연스러운 것이다. 하지만 과거의 일 때문에 후회하고 아직 오지 않은 미래를 걱정하고 준비하느라 현재를 온전히 살지 않는 건 잘못된 것이라는 생각이 들었다. 그동안 답답했던 것이 뻥 뚫리는 느낌이 들었다. 어떻게 살아야 할지 고민하던 것도 해결되었다.

"나에게 주어진 이 순간을 마음껏 즐기며 살면 되는 것이다"

라는 것이 내가 찾은 답이다. 미래는 너무 걱정하지 않아도 된다. 현재를 즐기고 충실히 살다 보면 자연스럽게 그 미래는 내가 상상하던 현실로 다가오는 것이니까.

그렇다. 현재는 선물이다. The present is a present.

관악산 정상에서 막걸리 한잔

대학교 4학년 어느 가을. 주말이었는데 일어나 보니 날씨가 좋았다. 자취방에 머물기에는 아까운 날씨였다. 문득 산에 올라가야겠다는 생각이 들었다. 찾아보니 관악산이 그나마 가까운 산이었다. 집에 있는 빈 가방을 메고 바로 관악산으로 출발했다. 물이나 간식은 관악산 근처에 있는 현금인출기에서 돈을 뽑아서 사려고 했다. 관악산 입구에 도착해서 돈을 뽑으려 했는데 나오지 않았다. 주말이라 현금인출기에 있던 현금이 떨어진 것이다. 산에 금방 올라갔다가 내려와서 돈을 뽑고 밥을 먹어야겠다고 생각했다.

관악산에 올라가는 것은 처음이었지만 산 이름은 친숙했다. 이름이 익숙해서인지 가볍게 올라갔다가 내려올 수 있는 산이라고 착각했다. 그래서 특별한 준비 없이 가벼운 복장으로 관악산으로 간 것이다. 얇은 면바지에 컨버스 신발을 신고 반소매에 가벼운 재킷을 걸치고 빈 가방을 메고 있었다. 빈 가방에는 원래 편의점에서 간식과 물을 사서 넣으려고 했었다. 나중에 알고 보니 산 이름에 '악'이 들어가면 험하고 거친 산이라고 한다. 설악산, 치악산, 관악산, 감악산, 운악산 등. 관악산은 해발 629미터로 산의 모양이 삿갓처럼 생겨 '관악'이라는 이름이 붙었다고 한다. 도심에서 가깝고 교통이 편리해 연간 700만 명의 등산객이 찾는 수도권의 대표 산.

서울대 입구를 시작으로 한참을 걸어서 관악산 입구에 도착했다. 나는 연주대 쪽으로 올라가기로 했다. 초반에는 돌길이었는데 나름 밟는 재미가 있었다. 돌길을 거치고 계단을 오르고 깔딱 고개를 넘었다. 그리고 연주대 가는 길에 들어섰는데 그때부터는 절로 악 소리가 나왔다. 능선을 따라 기상레이더와 연주대가 보였는데 가는 길이 어려웠다. 발을 잘못 디디면 바로 미끄러질 것 같았다. 등산화를 신고 있지 않으니 더 겁이 났다. 많은 사람이 오르는 산인데 어떻게 이 길을 지나다녔을까 싶었다. 한 걸음씩 조심해서 발걸음을 옮기며 겨우 산 정상에 도착했다. 시야가 좋지는 않았지만, 정상에서 멀리 서울 시내를 바라보니 머리가 씻기는 것처럼 시원했다.

산 정상 근처에서 막걸리를 잔으로 팔고 있었다. 그냥 올라가는 것도 힘든데 어떻게 막걸리를 들고 정상까지 올라왔을까 싶어 신기했다. 사람들이 서서 막걸리를 시원하게 한 잔씩 마시고 있었다. 아침도 먹지 않고 올라간 산이라 내내 배가 고팠고 목이 말랐다. 옆에서 막걸리 마시는 사람들을 지켜보며 서성거렸다. 막걸리 한 잔이 그렇게 마시고 싶었는데 돈이 없었다. 가방은 메고 있었지만, 물도 없었고 간식도 없었다. 어쩔 수 없이 발걸음을 돌리고 내려가려는데 갑자기 생각나는 것이 있었다. 산에 오르기 며칠 전 헌혈을 했는데 그때 받은 3천원 문화상품권이 가방 앞주머니에 있었다. 막걸리를 파는 아저씨와 둘이 남았을 때 조심스럽게 사정을 설명하고 문화상품권으로 막걸리 한 잔 마실 수 있는지 물어봤다. 다행히 아저씨가 흔쾌히 허락해 줬고 잔에 막걸리를 가득 따라 건네주셨다. 시원하게 막걸리를 마시고 오이 한 조각을 먹었다. 그것만으로도 그날 관악산에 올라간 의미가 있었다.

관악산 정상에서 마시는 막걸리 한 잔. 크~

용눈이 오름과 다랑쉬 오름

사진작가 김영갑이 사랑했던 용눈이 오름. 그는 제주에 20여 년간 머무르며 용눈이 오름 사진을 찍었다. 그리고 루게릭병에 걸려 투병하는 와중에 김영갑 갤러리 '두모악'을 오픈해 본인이 찍은 용눈이 오름 사진을 전시했다. 지금은 두모악이 유명해졌고 많은 이가 용눈이 오름을 찾는다. 하지만 불과 10여 년 전만 해도 용눈이 오름은 지금처럼 유명하지 않았다. 나는 궁금했다. 김영갑이 왜 그렇게 용눈이 오름을 사랑했는지.

용눈이 오름에 종종 올라간다. 용눈이 오름은 높지 않지만 올라갈 때 가끔 바람이 세게 분다. 분명 아래쪽에서는 없었는데 중간쯤 올라가면 바람이 세게 불 때가 있다. 심지어 비바람이 함께 내리고 불기도 하는데 그럴 때는 앞으로 나아가는 것도 힘들다. 용눈이 오름을 올라가다 보면 말이 보인다. 말은 유유자적하며 느릿느릿 풀을 뜯고 있다. 그 광경을 보고 있으면 마치 몽골 초원에 온 것 같은 느낌이 든다. 그렇게 정상에 올라가면 거짓말처럼 바람이 불지 않는다. 마치 언제 바람이 불었던 적이 있었냐는 듯이 고요하다. 멀리 보면 풍력 발전기가 힘차게 돌아가고 그 뒤로 오름이 이어져 있다. 정상에 서서, 그 자리에서 한 바퀴 돌며 풍경을 본다. 가슴이 뚫리는 시원함이 느껴진다. 정상에서 내려가야 하는데 발걸음이 떨어지지 않는다. 조금 더 보고 싶고 조금이라도 더 마음속에 담고 싶다. 용눈이 오름은 화려한 오름이 아니다. 투박하고 날 것 그대로의 모습을 간직하며 그 속에 쓸쓸하면서도 강인한 제주의 무언가를 담고 있는 것 같다. 그래서 김영갑은 용눈이 오름을 사랑했던 것이 아닐까 싶다.

용눈이 오름 바로 앞에는 다랑쉬 오름이 있다. 용눈이 오름이 투박하다면 다랑쉬 오름은 매끈한 느낌이다. 높이 380미터의 다랑쉬 오름은 오름의 여왕으로 불리며 분화구는 깔때기 모양으로 움푹 패어 있다. 분화구는 둘레 1500미터, 깊이 115미터인데 깊이는 한라산 백록담과 비슷하다고 한다. 몇 년 전 추석 연휴에 용눈이 오름에 갔다가 다랑쉬 오름을 갔다. 용눈이 오름은 자주 갔었는데 다랑쉬 오름은 처음이었다.

다랑쉬 오름 정상에 가서 둘레길을 걷다 보니 조그만 초소가 있었다. 이런 곳에 왜 이런 초소를 지어 놨을까 생각하고 있는데 문을 열고 할아버지 한 분이 나왔다. 할아버지는 다랑쉬 오름 산불 지킴이라고 자신을 소개했다. 올라오느라 고생했다며 들어와서 커피 한잔하고 가라고 했다. 마침 올라가느라 흘린 땀이 식으며 추워지던 참이었다. 조그만 초소 안에서 할아버지는 달달한 커피 믹스를 맛있게 타 주었다. 커피를 마시며 할아버지의 인생 얘기를 들었다. 젊은 시절 사업 얘기부터 암 수술하고 초소에서 근무하게 된 사연까지. 할아버지의 긴 얘기를 듣기에는 커피 한 잔이 부족했다. 할아버지는 암 수술 후 살아 있는 하루하루를 인생의 선물이라고 생각하며 즐겁게 살고 있다고 했다.

초소 안에는 할아버지가 자필로 옮겨 쓴 용혜원 시인의 〈한 잔의 커피가 있는 풍경〉이 걸려 있었다.

한 잔의 커피도
우리들의 인생과 같다

달리고 걷다가 때로는 산으로

TIPS

1. 달리기를 시작하려면 퇴근 후 옷을 갈아입고 바로 나가기를 추천한다. (머뭇거리면 못 나간다)

---

2. 프립 같은 소셜 앱을 통해 야간에 함께 달리기하는 모임에 참여해 보자. (1회 참여 시 1만 원 내외)

---

3. 핸드폰이나 스마트 기기를 활용하여 걷는 것을 꾸준히 기록해 보자. (GPS, 걸음 수 등)

3장

맥주병에서
라이프가드로

수영

   인도네시아와 필리핀 남부에 바다의 유목민이라 불리는 바자우 라우트(Bajau Lout)족이 살고 있다. 그들은 육지가 아닌 바다에 집을 짓고 생활하는데 아무런 기구도 사용하지 않고 수십 미터를 잠수하고 물속에서 3분 이상 활동한다고 한다. 그들은 육지보다 바다에서 더 편안함을 느끼는 것이다.

   사람은 원초적으로 물에서 생활한 경험이 있다. 엄마 배 속에 있는 양수에서 먹고 자고 하다가 밖으로 나왔기 때문에 물속에 들어가면 본능적으로 편안함을 느끼게 되는 것이 아닐까 싶다. 그렇기 때문에 수영을 하다 보면 아늑함과 행복함을 동시에 느낄 수 있는 것이다.

요즘은 주변에 실내 수영장이 많기 때문에 마음만 먹으면 퇴근 후 가볍게 수영을 시작할 수 있다. 강습을 등록하거나 일일 입장권을 사서 수영을 하면 되는데 생각보다 많은 직장인이 퇴근 후 수영을 하고 있다는 것에 놀랄 것이다. 수영장에 가면 좋은 것이 있다. 그 어떤 장소보다 평등하다는 것. 아무리 돈이 많고 지위가 높아도 수영장에서는 수영복과 수영모, 물안경 외에 자신을 드러낼 수 있는 것이 없다. 오로지 자신이 가진 몸으로만 자신을 드러낼 수 있는 장소. 그렇기 때문에 수영하는 것에만 집중하며 자신만의 시간을 가질 수 있다.

수영을 하다 보면 어느 순간 힘을 빼는 이치를 깨닫게 된다. 아무리 근육이 많아도 수영장에서는 유연하고 부드럽게 수영하는 것이 최고라는 것을 알게 된다.

퇴근 후 정기적으로 수영을 하다 보면 새로운 사람들과 친해질 기회도 생긴다. 그렇게 해서 만나는 인연도 수영을 하며 얻을 수 있는 즐거움 중 하나이고 무엇보다 몸과 마음이 건강해진다. 퇴근 후 한 시간의 수영에서 얻을 수 있는 즐거움은 예상보다 훨씬 크다. 아직 퇴근 후 무엇을 해야 할지 정하지 못했다면 당장 오늘부터 수영을 시작해 보는 것은 어떨까? 수영복이 없어서 못 한다고? 수영장에 가면 매점에서 대부분 팔고 있다.

물 공포증과 자유형 25미터

초등학교 2학년 여름방학 때 동네 형들과 계곡에 물놀이를 하러 갔다. 동네에서 버스를 타고 30분을 가면 돈내코라는 곳이 나오는데 물이 맑고 차갑기로 유명한 곳이다. 돈내코 상류에 원앙폭포가 있는데 물이 깊어 물놀이를 하기에 적당했다. 어릴 적부터 바다에서 헤엄을 쳤기 때문에 깊은 물에서 노는 것은 무섭지 않았다. 하지만 그날은 이상하게 몸이 물에 가라앉았다. 물에서 나오려고 해도 더 깊이 빨려 들어갈 뿐. 당황하여 허우적대다가 패닉 상태가 되었다. 그때 처음으로 죽는다는 것이 이런 것이구나 하는 생각을 했다. 다행히 위쪽에서 다이빙을 준비하던 형 한 명이 허우적대는 나를 발견하고 물에서 건져주었다. 나중에 그 형에게 물어보니 내가 물에 빠져 있었던 시간은 매우 짧았다고 했다. 하지만 그 짧은 시간 동안 나는 인생의 모든 순간이 영화처럼 흘러가는 것을 느꼈다. 그 후 헤엄을 치러 바다나 계곡에 갈 수 없었다. 물에 빠졌을 때 느꼈던 공포감이 커서 그런지 물에 들어갔을 때 발이 닿지 않으면 물 밑으로 빨려 들어갈 것 같았기 때문이다.

군대를 전역하고 영국으로 갔다. 생활비를 벌기 위해 일을 했는데 퇴근 후 정기적으로 운동을 해야겠다고 생각했다. 집 근처에 있는 스포츠 센터에 등록하고 러닝머신에서 걷기를 하고 있는데 지하에 수영장이 있었다. 창이 통유리로 되어 있어 수영하는 이들이 그대로 보였다. 문득 물에 들어가고 싶다는 생각이 강렬하게 들어 다음 날은 퇴근하고 수영장으로 입장했다. 어린이 전용 풀과 일반 풀이 있었는데 일반 풀은 8개의 레인에 길이가 25미터였다. 보통 두세 개 레인에서는 선수들이 훈련했고 초보자는 끝에 있는 레인 한두 개를 사용할 수 있었다. 나는 오른쪽 끝에 있는 1번 레인을 이용했는데 주로 어르신들이 수영을 하는 곳이었다.

수영을 시작한 첫날 나는 25미터를 끝까지 갈 수 없었다. 어릴 적 바다에서 헤엄을 쳤지만, 수영은 아니었다. 헤엄이 물에 뜨려고 허우적대는 것에 가까운 몸짓이라면 수영은 앞으로 나아가는 것이다. 옆에서 자유형으로 수영하는 사람을 보면서 몇 번 따라 해보았지만 숨이 차서 3분의 1도 갈 수 없었다. 함께 레인을 쓰던 할아버지, 할머니들이 나 때문에 정체돼 멈추는 것이 반복되자 미안해서 물에 오래 머무를 수 없었다. 그날 집으로 돌아와서 자유형 수영을 어떻게 하는 것인지 인터넷으로 검색해 봤다.

얼굴이 물에 잠겼을 때 코로 천천히 숨을 내쉬고
고개가 옆으로 돌아갈 때 재빠르게 입으로 숨을
내쉬면서 들이쉬라고 했다.
일명 '음파 호흡법'.

그렇게 호흡법, 손으로 물 잡는 법, 발차기 등을 동영상을 보며 머릿속에 넣고 수영장에 가서 직접 해보기 시작했다. 당시 내가 수영장에 갈 때마다 마주치던 할머니가 있었다. 빨강 수영복에 빨강 수모를 착용하는 덩치 큰 할머니였는데 나를 보면 웃으며 눈인사를 했다. 할머니는 물안경도 쓰지 않고 고개를 물 밖에 둔 채 평영으로 25미터를 왕복했는데 소금쟁이가 수면에서 미끄러지는 것처럼 여유 있게 이동했다. 한 번씩 자유형으로 수영하기도 했는데 그때 역시 몸에 힘을 주지 않고 편안하게 이동하는 모습이었다. 반면 나는 25미터를 가는 것도 힘들었다. 호흡이 제대로 되지 않으니 숨이 찼고 숨을 더 쉬려고 하니 허둥지둥하면서 자세가 흐트러졌기 때문이다. 몸에 힘이 들어가니 팔 돌리기도 안 됐고 발차기 역시 엉망이었다. 그래도 그렇게 수영을 시작한 지 한 달이 지났을 때 25미터를 갈 수 있게 되었다. 물론 자세는 엉망이었지만.

물 잡기를 할 때는 밧줄을 던지듯이

퇴근 후 수영을 시작한 지 한 달이 지났을 때 1번 레인을 함께 쓰는 어르신들이 더는 나 때문에 멈추지 않게 되었다.

내가 다닌 어학원에서는 1주일 동안 방학을 줬다. 본인이 원하는 기간에 쓸 수 있는데 나는 수영을 시작하고 나서 한 달이 지난 시점에 수영에 집중하고자 1주일 방학을 사용했다. 시간에 쫓기지 않고 편안하게, 집중적으로 수영을 해보고 싶었다. 내가 살던 플랏(Flat, 연립형 주택) 주인에게 수영하는 모습을 영상으로 찍어 달라고 부탁했다. 수영 자세가 굳어지기 전에 자세를 바로 잡기 위해서였다. 원래 수영장 내부에서는 촬영이 금지돼 있는데 안되는 영어로 관리인에게 얘기해서 겨우 촬영 허가를 받을 수 있었다.

영상을 찍고 주변에 수영 좀 했다는 사람들에게 보여주며 자세를 봐 달라고 부탁했다. 수영하면서 친해진 영국 할아버지는 영상을 여러 번 돌려보고 나서 진지하게 조언해 줬다.

물 잡기를 할 때 밧줄을 던지듯이 팔을 쭉 던질 것.
손가락을 붙이지 말고 살짝 벌려서 물잡기를 할 것.
물속에서 팔을 돌릴 때 끝까지 물을 밀 것.

기본적인 내용이었지만 중요한 포인트였다. 그렇게 여러 사람의 조언을 듣고 자세를 교정해 나갔다. 해보고 아닌 것 같으면 다른 방법으로 시도하며 수영을 배워가는 과정이 즐거웠다. 수영에 재미를 붙이면서 외출할 때 가방 속에 수영복과 수모, 물안경, 수건을 챙겨서 다니는 습관이 생겼다. 혹시라도 갑자기 수영을 하고 싶어질 수 있으니까. 그럴 때는 근처 수영장을 검색해 일일 입장권을 끊고 수영을 했다.

내가 제일 좋아했던 수영장은 코벤트 가든 근처에 있는 오아시스 수영장이다. 실외 풀이었는데 레인은 세

개밖에 없었지만, 간격이 넓어 수영하기 편했고 무엇보다 깊이가 3미터였다. 어릴 적 물에 빠졌던 기억 때문에 깊은 물에 들어가지 못했는데 오아시스 수영장에서 수영하며 물 공포증이 사라졌다. 그렇게 물과 친해졌고 수영을 하는 것이 즐거웠다.

수영 1000미터와 라이프가드 교육

수영을 시작할 때 쉬지 않고 1000미터 가기를 목표로 잡았다. 그 정도로 할 수 있으면 물에 빠졌을 때 최소한 빠져나올 수는 있지 않을까 생각했기 때문이다. 재미를 붙이고 시간이 지나면서 쉬지 않고 한 번에 수영을 할 수 있는 거리가 늘어갔다. 하지만 500미터 이상 갈수는 없었다. 쉬지 않고 1000미터를 수영하면 어떤 기분이 들까 궁금했다. 그 당시 누군가 블로그에 1000미터를 쉬지 않고 수영한 날의 기분을 자세히 쓴 글이 있었는데 생각날 때마다 읽어보며 내가 쉬지 않고 1000미터를 수영으로 가는 모습을 상상해 보곤 했다.

수영을 하다가 잠시 쉬고 다시 하고를 반복하면 1000미터를 갈 수는 있었다. 하지만 쉬지 않고 한 번에 1000미터는 도저히 갈 수 없었다. 아직 1000미터를 갈 수 없는 체력인가 보다 했는데 생각해보니 빨간 수영복 할머니는 편안하게 수영장 끝과 끝을 왔다 갔다 하고 있었다. 세어보지는 않았지만 할머니는 쉬지 않고 1000미터 이상을 수영하는 것 같았다. 할머니가 수영할 때와 내가 수영할 때 뭐가 다른지 생각해 봤다.

차이점은 몸에 얼마나 힘이 들어가느냐였다.

할머니는 힘을 빼고 하는데 나는 몸에 힘이 잔뜩 들어가 있었다. 물잡기를 할 때 물을 세게 잡았고 발차기를 할 때 힘차게 찼다. 단거리 수영을 할 때는 그게 맞지만 장거리 수영을 할 때는 좀 더 힘을 빼야 한다. 나는 발차기 횟수를 반으로 줄였다. 호흡할 때도 좀 더 살살 하려고 했다. 물잡기를 할 때는 좀 더 유연하게 하려고 노력했다. 물고기가 물에서 움직이는 것처럼 물의 저항을 줄이면서 앞으로 나아가는 상상을 했다.

수영을 시작하고 8개월이 지난 어느 날. 수영을 하다가 500미터를 앞두고 한 번 더 턴을 하자고 생각했다. 보통 때 같으면 500미터까지 수영하면 숨이 차고 어깨가 무거워 팔 돌리기가 잘 안 됐을 텐데 그날은 괜찮았다. 525미터를 가고 한 번 더 턴을 했다. 550미터. 이상하게 몸이 가벼웠고 출발했을 때보다 컨디션이 좋았다.

575미터
600미터
625미터
.

.

.

950미터
975미터
1000미터!

그날 나는 쉬지 않고 25미터 레인을 20회 왕복했는데 힘들지 않았고 숨도 차지 않았다. 몸이 가벼웠고 기분이 좋아서 수영을 더 하고 싶었다. 시험 삼아 바로 500미터를 더 수영했는데도 여전히 몸이 가벼웠고 끝없이 수영을 할 수 있을 것 같은 느낌이 들었다. 그때 깨달았다. 이런 것이 임계점을 넘었다는 것이구나 하는 것을.

물이 끓으려면 100도라는 임계점을 넘겨야 하는데 나에게는 500미터가 임계점이었던 것 같다. 500미터까지 수영을 할 때는 괴롭고 힘들지만 500미터가 넘어가면 수영이 쉬워지는 것이다. 그동안은 그 500미터까지 가기 전에 수영을 멈췄는데 그날 500미터를 한 번 넘고 1000미터까지 하고 난 후로는 수영이 쉬워졌다. 500미터 이후로는 1000미터, 1500미터, 2000미터 역시 어렵지 않게 갈 수 있게 되었다.

어떤 일이든지 비슷할 것이라는 생각이 들었다. 무언가를 할 때 언제가 임계점인지 모른다. 그렇기 때문에 임계점까지 가는 게 답답하고 지루하고 그 전에 포기하는 경우가 많다. 하지만 답답하고 지루한 그 순간이 임계점 바로 직전일 수도 있다. 포기하지 않으면 임계점을 넘을 수 있는 순간이 온다는 것. 수영 1000미터를 하며 몸으로 배운 것은 그것이었다.

한국에 돌아와서 적십자에서 주관하는 인명구조요원 교육을 받았다. 교육생은 30명이었는데 20대 초중반의 체육학과 학생이 대부분이었고 나만 스물아홉 살이었다. 교육을 진행하던 교수님이 직장 생활과 아무런 관련이 없을 텐데 왜 인명구조요원 교육을 받느냐고 물어봤다. 나는 "재미있을 것 같아서요"라고 대답했고 교수님은 이해할 수 없다는 표정을 지으셨다.

인명구조요원 교육 과정은 쉽지 않았다. 온종일 물에 들어가서 수영을 하고 또 해야 했다. 그런 생활을 일주일

동안 하면서 심폐소생술, 물에 빠진 사람을 구하는 다양한 방법을 교육받았다. 교육에서 기억에 남는 두 가지.

첫째는 물에 빠진 사람에게 잡혔을 때 빠져 나오는 방법이다. 물에 빠진 사람은 초인적인 힘을 발휘하기 때문에 절대 힘으로 맞서려고 하면 안 된다. 잡혔을 때는 바로 고개를 숙여 기도를 확보해야 한다. 그리고 물속으로 들어가면 되는데 손으로 물을 밀어 올려서 더 깊은 곳으로 들어가야 한다. 물속으로 들어가면 물에 빠진 사람이 겁을 먹으며 힘을 푼다. 그 순간 힘차게 뿌리치며 빠져나오면 되고 그 후에 물에 빠진 사람 뒤로 돌아가서 구조하면 된다.

둘째는 바다에서 이안류에 휩쓸렸을 때 빠져 나오는 방법이다. 이안류는 역조류라고도 하는데 해운대 해수욕장이나 제주 중문 해수욕장 등에서 자주 발생한다. 이안류가 발생하면 파도가 해변을 강하게 쳐서 순식간에 주위에 있는 사람을 물속으로 끌고 간다. 바다 쪽으로 끌어당기는 해류의 힘이 세서 아무리 육지 쪽으로 수영을 해도 빠져나올 수 없다. 특히 수영을 잘하는 사람이 이안류에서 빠져 나오려고 쉬지 않고 수영을 하는데 그러다 보면 힘이 빠져 물에 빠지게 된다. 바다에서는 가만히 있어도 몸이 물에 뜨니까 이안류에 휩쓸렸을 때는 그대로 머리를 수면 위에 두고 물의 흐름에 몸을 맡겨야 한다. 이안류는 좁은 지역에서 짧게 발생하기 때문에 몸에 힘을 빼고 이안류 지역을 벗어나길 기다리면 된다. 그리고 해류가 약해지면 그때 평행하게 수영을 해서 빠져 나오거나 구조를 기다린다.

인명구조요원 교육에서 물에서 타인을 구조하는 방법과 내 안전을 지키는 방법을 배웠다. 교육 마지막 날에는 20미터 잠영, 4분 입영(손을 위로 들고 발로만 뜨는 것), 5미터 풀에서 바닥에 있는 웨이트 들고 올라와서 20미터 끌기 등의 테스트를 통과하고 라이프가드가 되었다.

라이프가드 자격을 따기 불과 1년 전까지 나는 수영을 전혀 못 하는 상태였다. 거기에서 25미터 수영을 할 수 있게 되었고, 깊은 물 공포증을 이겨내며, 1000미터를 수영할 수 있게 되는 과정을 거쳤기에 라이프가드 자격증이 나에게는 의미가 있었다. 지금도 자격증을 지갑에 넣고 다니는데 한 번씩 그걸 볼 때마다 수영을 배우던 과정이 떠올라 자연스럽게 미소를 짓는다.

* 라이프가드는 3년마다 재교육을 받고 자격증을 갱신해야 한다. 2017년 두 번째 갱신을 했는데 재교육을 받는 분 중에 50대는 물론 60대 아저씨도 있어 상당히 놀랐다. 나도 체력이 허락하는 한 그분들처럼 계속 갱신하며 자격을 유지하고 싶다.

맥주병에서 라이프가드로

TIPS

1. 집 근처에 있는 실내 수영장을 검색해 보자.(생각보다 많을 것이다)

---

2. 퇴근 후 일일 수영을 할 것인지, 강습을 받을 것인지 결정하자. (강습을 받고 익숙해지면 일일 수영 하는 것을 권한다)

---

3. 수영할 때 물에서 느낄 수 있는 자유로움을 마음껏 느껴보자.

4장

프리다이빙
(무호흡 잠수)

프리다이빙

매주 목요일. 커다란 낚시 가방을 메고 회사로 출근
하는 강유록 대리. 출근길에 만나는 동료들은 그런 강대
리를 보며 신기해하기도 하고 커다란 가방에 뭐가 들었
는지 궁금해한다. 회사에 도착해서 가방을 자리에 세워
두면 동료인 강주선 주임이 웃으며 얘기한다.

"강 대리님. 오늘 퇴근하고 프리다이빙 모임 가나 보
네요? 그게 그렇게 재미있어요?"

팀원들은 강 대리가 가지고 다니는 커다란 낚시 가

방의 정체를 알고 있다. 그 가방에는 긴 오리발과(롱핀) 고무슈트, 마스크, 스노클 등 프리다이빙 장비가 들어 있는데 강 대리는 이미 여러 번 팀원들에게 프리다이빙 장비를 보여주며 프리다이빙이 무엇인지 설명을 했다. 강 대리가 속해 있는 해외영업부서 팀장님도 그런 강 대리를 웃으며 바라본다. 거래처 이슈로 한동안 힘들어 하던 강 대리가 프리다이빙을 시작하고 나서 얼굴이 부쩍 밝아졌고 업무 능률도 눈에 띄게 올랐기 때문이다.

강 대리는 프리다이빙 모임이 있는 매주 목요일이 되면 전날부터 설렘에 잠을 이루지 못한다. 5미터 잠수 풀 안에 들어가 프리다이빙을 하는 모습을 상상하며 물이 주는 그 편안함과 자유로움을 기대하는 것이다. 도대체 프리다이빙이라는 것이 무엇이기에 강 대리는 목요일 퇴근 후를 그렇게 기다릴까?

나도 처음 프리다이빙을 접했을 때 강 대리와 비슷한 과정을 겪었다. 물에 들어가는 날을 손꼽아 기다렸는데 모임이 있는 날에는 업무 능률이 최고조에 오른다. 프리다이빙이 아직 대중에게 낯선 스포츠이지만 퇴근 후 즐길 수 있는 최고의 활동 중 하나라고 감히 얘기할 수 있다. 프리다이빙을 접하고 퇴근 후 열심히 트레이닝을 하다가 강사가 되기까지. 그 과정을 풀어보고자 한다.

왕초보 프리다이버의 탄생

추석 연휴라 제주 집에서 쉬고 있는데 친구 성민이에게 연락이 왔다. 내일 아침 바다에 가자고. 늦은 가을이라 바닷물이 차가울 텐데 어떻게 들어가느냐고 물으니 친구는 전용 슈트를 입으면 춥지 않으니 괜찮다고 했다. 다음 날 아침 집 앞에 있는 자구리 바다에 갔다. 친구가 챙겨온 고무로 된 슈트를 입고 긴 오리발을 (롱핀) 차고 바다에 들어갔다. 나는 수면에서 스노클링을 하며 바닷속을 구경했고 친구는 스노클링을 하다가 한 번씩 물속으로 잠수를 했다. 상당히 깊이 내려간 것 같았는데 친구에게 물어보니 5미터 내려간 것이라고 했다. 나도 똑같이 해보려고 몇 번 시도했지만, 슈트의 부력 때문에 물속으로 들어갈 수 없었다. 친구가 차고 있던 웨이트 벨트를 차고 들어가 보려고도 했는데 역시 물속으로 들어갈 수 없었다. 그렇게 한 시간 동안 바다에서 놀다가 나왔다. 물에 머문 시간은 한 시간밖에 안 됐는데 온몸이 쑤시고 피곤했다. 뒤이어 나른함이 몰려왔는데 바닷속에 있던 시간이 꿈같이 느껴졌다. 스노클링을 하며 본 돌돔, 전복, 소라, 성게가 계속 머릿속에 맴돌았다. 그렇게 프리다이빙을 접하게 되었다.

성민이는 프리다이빙이 무엇인지 자세히 설명해 줬다. 처음 프리다이빙이라는 용어를 들었을 때 다이빙 타워나 스프링보드에서 점프해 물속으로 뛰어내리는 다이빙을 생각했다. 하지만 프리다이빙은 그런 것이 아니라 수중에서 무호흡으로 하는 모든 활동을 말한다. 수면 무호흡, 수평 잠영, 수직 다이빙 등의 형태가 있는데 스킨스쿠버와 달리 공기통을 이용하지 않고 맨몸으로 잠수를 한다. 그래서 프리다이빙을 무산소 다이빙 혹은 스킨 다이빙이라고 부르기도 한다. 목욕탕에서 물에 들어가 숨 참기를 하는 것이나 잠영을 하는 것도 프리다이빙의 범주에 들어간다.

프리다이빙은 기본적으로 물속에서 숨을 참으면 시작되는 것이다.

친구와 제주 바다에 다녀온 후 그 느낌이 잊히지 않았다. 바다에서 느낀 편안함과 자유로움이 계속 생각났다. 제대로 프리다이빙을 배운 후에 바다에서 즐겨야겠다고 생각하고 서울에 있는 AFIA 센터에서 프리다이빙 베이직 코스를 시작했다. AFIA는 우리나라 프리다이빙 1세대인 노명호 대표님이 운영하는 센터인데 기초부터 체계적으로 교육을 진행하는 것으로 유명한 곳이다. 주말에 교육을 시작했는데 첫날 오전에는 이론을 배웠고 오후에는 5미터 수영장에 가서 부이를 띄워 놓은 채 줄을 잡고 물에 들어가는 연습을 했다. 머리 먼저 내려가는 헤드 퍼스트를 시도했는데 이퀄라이징을 하는 데 문제가 없었다. 그래서 줄을 잡지 않고 덕 다이빙으로 바로 입수하는 연습을 했다. 덕 다이빙은 프리다이빙에서 가장 중요한 기술 중 하나다. 덕 다이빙을 하는 방법은 최종 호흡을 하고 수면과 몸이 평행이 되도록 쭉 편 상태에서 허리를 굽혀 물속으로 들어가는 것이다. 오리(Duck)가 물속으로 들어가는 방법과 비슷하다고 하여 덕 다이빙이라고 하는 데 쉬운 것같이 보이면서도 익히는 데 시간이 걸린다. 수영장에서 덕 다이빙을 반복해서 연습했지만, 나중에 바다에 가서 덕 다이빙 자세를 다시 배우고 익혀야 했다.

숨 참기 테스트도 했다. 물속에서 숨을 참는 것을 스

태틱(Static)이라고 하는데 내 기록은 3분 30초가 나왔다. 평소에 숨 참기를 하면 1분을 넘기기도 어려운데 물속에서 그렇게 오래 숨을 참았다는 것이 믿기지 않았다. 포유류 잠수 반응(MDR, Mammalian Dive Response)이라는 용어가 있는데 포유류가 물에 들어가면 환경에 적응한다는 이론이다. 고래는 숨을 쉬지 않고 물속에서 30분 이상 활동할 수 있다고 한다. 포유류 잠수 반응이 극대화되어 가능한 것이다. 고래와 마찬가지로 사람 역시 물에 들어가면 포유류 잠수 반응이 일어난다.

물에 들어가서 숨을 참으면
우리 몸은 비상 상황이라고 판단하고
심박 수를 저하시켜 산소 소모를 줄인다
말초혈관이 수축하면서 손이나 발로 가는 혈액을
감소시킨다
대신 중요 장기인 폐, 심장, 뇌로 혈액을 집중적으로
보내기 시작한다
비장에서는 산소를 운반하는 적혈구가 더욱 많이
방출되기 시작한다
그렇기 때문에 물속에서 더욱더 오래 숨을
참을 수 있게 되는 것이다

알면 알수록 복잡하고 신기한 우리 몸. 포유류 잠수 반응 덕분에 인간은 생각보다 길게 숨을 참을 수 있는데 세계적인 프리다이빙 선수는 물속에서 5분 이상 숨을 참을 수 있다고 하고 세계기록은 11분 35초다(2019년 기준, AIDA 스태틱 공식 기록, 스테판 미프수드, 프랑스).

프리다이빙 강습 둘째 날에는 수영장에서 덕 다이빙을 복습하고 다이나믹(Dynamic)을 배웠다. 다이나믹은 숨을 참고 물속에서 잠영을 하는 것이다. 25미터 잠영을 반복했는데 5미터 풀 바닥에 바짝 붙어서 왕복했다. 잠수풀에는 스쿠버다이버도 많았는데 그들을 피하며 물속을 돌아다니는 게 재미있었다. 오후에는 센터로 이동해서 강사님께 자세와 스킬을 피드백 받고 로그 북을 작성했다. 그렇게 교육을 마치고 프리다이빙 인도어 자격증을 받았다. 드디어 나도 정식으로 프리다이버가 된 것이다.

제주 범섬에서 프리다이빙

프리다이빙 인도어 자격증을 받고 얼마 후 제주 바다에서 베이직 코스를 마무리했다. 수영장에서 프리다이빙을 하는 것과 바다에서 하는 것은 확실히 차이가 있었다. 수영장은 5미터 깊이라 물에 들어가는 것이 무섭지 않았다. 하지만 바다에서 할 때는 무섭기도 했고 파도 때문에 멀미가 나기도 했다. 바다에 부이를 띄워놓고 부이에 연결된 줄을 잡고 몇 번 내려갔다가 올라오기를 반복했다. 그리고 익숙해졌을 때는 줄을 잡지 않고 그대로 다이빙해서 물속으로 내려갔다. 그렇게 10미터 정도 깊이까지 내려갔는데 몇 가지 테스트를 받고 프리다이빙 베이직 코스를 마무리했다.

시간이 지나 다음 레벨인 어드밴스 코스를 시작했는데 이론 교육과 수영장 교육을 끝내고 바다 교육을 남겨뒀다. 바로 바다 교육을 받고 싶었지만, 겨울이라 바다에 들어갈 수 없어 여름이 올 때까지 기다릴 수밖에 없었다. 그 기간에 퇴근 후 틈틈이 올림픽 수영장에 가서 트레이닝을 했다. 버디와 함께 스태택과 다이나믹을 연습했고 한 번씩 다이나믹 인터벌 트레이닝을 하며 폐활량을 늘려갔다. 덕 다이빙도 반복적으로 연습하며 입수할 때 효율적으로 들어갈 수 있도록 했다. 그렇게 시간이 흐르고 드디어 물에 들어갈 수 있는 계절이 되었다. 5월 말이라 수온이 차갑기는 했지만, 슈트를 입으면 한두 시간 정도는 견딜 수 있는 정도였다.

어드밴스 교육을 마무리하려고 제주로 출발했다.

금요일 저녁 비행기를 타고 제주에 도착했다. 숙소에 짐을 풀고 다이빙할 때 필요한 장비를 챙겨 뒀다. 보통 날씨에도 제주 바다는 파도가 높다. 하지만 그 주에는 파도가 세지 않을 것 같았다. 프리다이빙을 하기에 적당한 날씨와 조건이었다.

다음 날 대평포구에서 개해제를 했다. 한 해 동안 안전하게 바다에서 다이빙을 할 수 있도록 바다에 기원하는 행사였다. 개해제를 마치고 대평포구 앞바다에서 펀

다이빙을 했다. 근처에서 해녀가 작업을 하고 있었는데 양해를 구하고 노명호 대표님과 해녀 할머니들이 어떻게 다이빙하는지, 어떻게 물속에서 움직이는지 관찰했다. 그날 깊은 곳은 수심이 8~12미터 정도였는데 펀다이빙을 하며 놀기에 적당한 수심이다. 두 시간 정도 바다에서 펀다이빙을 하고 출수했다. 다음 날 범섬에서 본격적으로 수심 다이빙을 할 예정이라 그날은 충분히 휴식을 취했다.

범섬으로 가는 날. 새벽부터 일어나 간단히 아침을 먹고 다 같이 숙소 거실에서 스트레칭을 했다. 여덟 명이 둥그렇게 둘러앉아 30분 동안 스트레칭을 했다. 머리부터 발끝까지 꼼꼼하게 몸을 풀어주고 폐 스트레칭을 했다. 물속 깊은 곳으로 들어갈수록 폐는 쪼그라드는데 폐 스트레칭을 함으로써 부상의 위험을 줄일 수 있다. 스트레칭을 하며 머릿속으로 그날 어떻게 다이빙을 할 것인지 이미지 트레이닝을 했다. 부이에 매달려 있다가 최종호흡을 하고 덕 다이빙으로 물속으로 들어가는 모습이 선명하게 그려졌다. 왠지 편안한 다이빙이 될 것 같은 느낌이 들었다.

장비를 챙겨서 법환포구로 이동했다. 승선계획서를 작성해서 어촌계에 제출하고 범섬으로 가는 배에 올라탔다. 구름이 거의 없는 화창한 날씨였고 파도는 잔잔했다. 우리는 범섬 새끼 섬에 내렸다. 빠르게 슈트로 갈아입고 바다에 입수했다. 수온은 21도로 조금 차가운 편이었고 시야는 10미터 정도 나왔다. 제주에서 그 정도 시야면 괜찮은 편이다. 부이에 매달려 최기호 강사님께 그날의 다이빙과 기술 설명을 들었다.

10미터에서 마스크 벗고 올라오기
10미터에서 핀 하나 벗고 올라오기
10미터 1분 휴식 후 인터벌로 다녀오기
10미터에서 물에 빠진 사람 레스큐해서 올라오기
20미터 찍고 오기

부이에 매달려 바다 밑을 보니 20미터 줄 끝이 보이지 않았다. 바다에서 내가 들어가 본 최고 수심은 12미터였다. 그 이상 내려가려고 시도해 봤는데 호흡이 모자라는 느낌이 나서 못 내려갔었다. 20미터를 가야 하는데 '갈 수 있을까?' 하는 생각이 들었다. 그래도 할 수 있는 만큼은 해보자고 생각하고 크게 심호흡을 했다. 보통 본격적으로 수심 다이빙을 하기 전에 워밍업 다이빙을 한두 차례 한다. 워밍업 다이빙은 본인에게 무리가 가지 않는 깊이까지만 내려가서 몸이 물에 적응하도록 하는 것이다.

다이빙할 때 내려가는 방식에 따라 CWT(Constant Weight)와 FIM(Free Immersion)으로 구분한다. CWT는 내려갈 때 피닝을 하며 내려가는 방식이고 FIM은 피닝을 하지 않고 손으로 줄을 잡고 내려가는 방식이다. 처음부터 CWT로 내려가면 허벅지에 젖산이 쌓이기 때문에 보통 워밍업을 할 때는 FIM으로 내려간다. FIM으로 워밍업 다이빙을 했는데 컨디션이 좋았다. 10미터를 넘고 15미터를 지나서 20미터까지 내려갔는데 괜찮았다. 두 번째 다이빙에는 CWT로 다이빙을 했는데 바다의 바닥을 찍고 올라왔다. 24미터였다. 그 후 바로 나머지 스킬을 하나씩 진행했는데 별 무리 없이 마무리할 수 있었다. 오전 다이빙 후 출수하여 점심을 먹고 바위에 누워 휴식을 취했다. 바위가 따끈하게 데워져 있었고 햇볕도 따뜻해서 좋았다. 섬에서 보는 육지는 아름다웠고 멀리 보이는 법환 마을과 한라산 역시 그림 같은 풍경이었다.

오후에는 8킬로그램 웨이트를 잡고 그대로 바닷속으로 내려가는 VWT(Variable Weight) 다이빙 체험을 했다. 그리고 CWT로 20미터 내려갔다 오는 것을 반복했다. 노 대표님과 최 강사님이 세이프티를 보며 자세 교정과 코멘트를 해줬다. 그렇게 어드밴스 프리다이빙 과정을 마무리했다. 뿌듯했지만 한편으로는 좀 더 깊이 내려가 보고 싶다는 생각이 들었다. 30미터 이상 내려가면 어떤 느낌이 들지 궁금했고 해외에 나가서 좀 더 깊은 바닷속을 경험해 보기로 했다.

세부 HQ에서 30미터 다이빙

제주에 있는 범섬에서 프리다이빙 어드밴스 코스를 마쳤다. 24미터까지 내려갔는데 30미터까지는 내려가 보고 싶었다. 30미터 바다가 어떤 느낌일지 궁금했고 내 한계를 시험해 보고 싶은 생각도 있었다. 해외에서 프리다이빙을 할 수 있는 곳을 알아봤다. 프리다이빙의 성지라 불리는 블루홀이 있는 다합과 태국의 꼬따오, 윤식당 촬영지로 유명한 길리, 일본 오키나와, 세부 등을 많이 가는 것 같았다. 이왕 해외에 나가서 하는 거라면 외국인 샵에서 배우면서 한국과는 어떻게 분위기가 다른지 경험해 보고 싶었다.

프리다이빙을 하기에 최적의 장소는 다합이다. 하지만 다합은 한국에서 짧게 다녀오기에는 멀다. 꼬따오와 길리는 샵 일정이 안 맞았고 오키나와는 펀다이빙 위주였다. 최종적으로 선택한 곳은 세부였다. 세부는 프리다이빙을 제대로 배우고 즐기기에 최적의 장소 중 하나다. 우리나라에서 비행기로 네 시간 거리에 있고 무엇보다 바다 환경이 좋다. 파도가 잔잔하고 물이 맑아 시야가 좋을 때는 30~40미터까지 나온다. 조류가 세지 않아 보트 다이빙을 하기에도 적당하다. 나는 세부 막탄섬 끝에 위치한 '프리다이브 HQ'에서 SSI 레벨3(마스터 코스)를 진행하기로 했다. SSI 레벨3를 진행하려면 최소 30미터를 갈 수 있어야 한다. HQ의 티보는 레벨3 코스를 진행하기 전 트레이닝을 받으면서 30미터 수심에 갈 수 있으면 그때 레벨3를 진행하자고 했다. 티보는 HQ의 오너인데 프랑스 프리다이빙 챔피언으로 FIM 115미터의 기록을 가지고 있다. 그는 HQ에서 프리다이빙을 할 때 필요한 모든 것을 세심하게 챙겨주었다.

HQ에서의 첫째 날. 숙소에서 간단히 바나나 한 개를 먹고 HQ에 도착했다. 다이빙 보트는 10시 30분에 출발한다고 했다. 9시부터는 요가 세션이 있었는데 바다 바로 앞에 매트를 깔고 차분히 요가를 했다. 9시 30분에는 조가 짜여 공지되었다. 강사 한 명당 교육생 한두 명씩으로 조를 짜는데 나는 찰리 강사와 함께하기로 했다. 슈트를 입고 장비를 착용하고 보트에 탑승했다. 보트에는 스무 명 정도가 탔는데 배가 기울어서 조금씩 자리를 이동해 중심을 맞추고 출발했다. 찰리는 이동하며 나에게 몇 미터가 최고 기록이냐고 물었다. 나는 24미터가 최고기록이고 30미터가 목표라고 얘기했다. 찰리는 단기간에 기록이 느는 것은 어려우니 천천히 시간을 가지고 기록을 늘려나가자고 했다. 배를 타고 10분 정도 나가서 한 조씩 바다에 들어갔다. 파도가 조금 있었지만, 바다에 들어간다는 것 자체가 즐거웠다. 찰리와 본격적으로 다이빙을 시작했다.

1회 10미터 FIM / 웜업 다이빙

2회 10미터 CWT / 웜업 다이빙

3회 15미터 FIM

4회 15미터 CWT

5회 20미터 FIM

6회 20미터 CWT

7회 25미터 FIM

8회 25미트 FIM

9회 25미터 CWT

10회 27.8미터 CWT / 최고기록

그날 나는 총 10회 다이빙을 했다. 한국에서는 바다에서 다이빙하면 보통 그 정도 횟수를 하는데 외국 샵에서는 다섯 번 정도만 다이빙하고 마무리한다고 한다. HQ에서 첫날이라 그런 것을 몰랐는데 나중에 찰리가 다이빙 횟수가 많았다고 얘기해줬다. 마지막에 27.8미터를 다녀왔을 때는 다리에 쥐가 날 뻔했다. 그래도 내 최고 기록인 24미터를 넘어 27.8미터까지 간 것이라 뿌듯함이 컸다. 다이빙을 마치고 HQ 식당에서 망고와 치킨밥을 먹고 해먹에 누워 낮잠을 잤다. 바다에서 다이빙하면 체력소모가 심한데 오전에 다이빙하면 오후에는 낮잠으로 체력을 보충해 줘야 한다.

둘째 날에는 베테랑 악쳐 강사와 같이 물에 들어갔다. 보통 4파운드 웨이트를 허리에 찼는데 악쳐가 중성 부력도 다시 체크해 보자고 했다.

1회 10미터 FIM

2회 15미터 FIM / 중성 부력 체크

3회 25미터 CWT

4회 30미터 CWT

5회 30.6미터 CWT

6회 15미터 세이프티

둘째 날은 총 6회 다이빙을 했다. 전날 세운 27.8미터 최고 기록을 넘어 30.6미터까지 내려갔다. 다이빙 횟수를 줄였더니 30미터를 다녀오는 것이 크게 힘들지 않았다. 중성 부력은 13미터 6파운드로 조절했다. 악쳐는 다이빙 후 휴식 시간이 짧다며 다이빙하는 데 걸린 시간의 세 배 정도 휴식 시간을 갖고 여유 있게 다이빙하라고 조언해 줬다.

부력은 양성 부력, 음성 부력, 중성 부력이 있는데 양성 부력은 물속에서 몸이 뜨는 것이고 음성 부력은 가라앉는 것, 중성 부력은 뜨지도 않고 가라앉지도 않는 상태다. 13미터에 중성 부력을 맞추면 13미터에서는 몸이 그대로 머물러 있게 된다. 13미터 위로 가면 몸이 뜨고 13미터 아래로 가면 몸이 가라앉는다. 웨이트를 무겁게 하면 내려갈 때는 쉽지만 올라올 때 힘이 든다. 웨이트를 가볍게 하면 내려갈 때 힘들지만 올라올 때 쉽다. 그렇기 때문에 적절한 깊이에서 중성 부력을 맞추는 것이 중요한데 30미터를 간다고 하면 3분의 1 지점인 10~13미터에 중성 부력을 맞추면 적당하다.

그날 세부에 올 때 목표로 잡은 30미터 다이빙에 성공했다. 다이빙하고 나서 30미터가 내 한계가 아니라 좀 더 내려갈 수 있겠구나 싶었다. 찰리와 악쳐가 30미터 돌파를 축하해주며 무리하지 말고 천천히 늘려가라고 다시 한 번 조언해 줬다. 티보가 처음에 얘기한 SSI 레벨3를 하는 최소 요건인 30미터 다이빙을 했기 때문에 이제 레벨3 코스를 시작할 수 있었다. 티보는 하루 동안 충분한 휴식을 취하고 코스를 시작하자고 했다.

SSI 레벨3 코스(마스터 과정)

하루 휴식 후 HQ에서 SSI 레벨3 코스를 시작했다. 레벨3 코스는 HQ의 대표 강사인 벤지에게 교육을 받았다. 수업은 1대1로 진행되었는데 교육 시작 전 간략히 코스 설명을 해줬다. SSI 레벨3는 강사 바로 아래 있는 레벨로 교육 시 강사를 보조할 수 있다. 레벨3 코스에서는 고급 다이빙 기술을 이수해야 하는데 내용은 아래와 같다.

FRC 다이빙

• 마우스필 이퀄라이징 테크닉

- 스태틱 코칭, 3분 30초 이상 스태틱 시행
- 30~40미터 CWT 다이빙
- 리버스 패킹
- 75미터 이상 다이나믹
- 400미터 수영 10분 이내

FRC(Functional Residual Capacity) 다이빙은 날숨 다이빙이라고도 하며 물에 들어갈 때 공기를 반 정도만 가지고 다이빙하는 것이다. FRC 다이빙을 하면 낮은 수심에서 깊은 수심에서와 동일한 압력을 시뮬레이션할 수 있다. 잔기량(RV, Residual Volume)은 할 수 있는 한 최대로 숨을 내쉬고도 폐에 남아 있는 공기량을 말하는데 물속에서 잔기량에 도달하면 정상적으로 압력 평형을 할 수 없게 된다. 잔기량은 총 폐 용량의 25퍼센트로 보면 되는데 6리터 폐 용량을 가진 사람의 잔기량은 1.5리터가 되고 실패 수심은 30미터다(보일의 법칙, 30미터일 때 4Bar이기 때문에, 6리터×1/4=1.5리터). FRC 다이빙을 하면 6리터 폐 용량을 가진 사람이 3리터 공기를 갖고 물에 들어가는데 그러면 10미터에서 잔기량 1.5리터에 도달한다(보일의 법칙, 10미터일 때 2Bar, 3리터×1/2=1.5리터).

정상 다이빙, 6리터 폐 용량, 잔기량 25퍼센트

0미터(1Bar) / 6리터

10미터(2Bar) / 3리터

20미터(3Bar) / 2리터

30미터(4Bar) / 1.5리터 = 실패 수심

FRC 다이빙, 3리터(정상 폐 용량의 반), 잔기량 25퍼센트

0미터(1Bar) / 3리터

10미터(2Bar) / 1.5리터 = 실패 수심

20미터(3Bar) / 1리터

30미터(4Bar) / 0.75리터

즉, 일반적으로 다이빙을 하면 30미터까지 내려가야 느낄 수 있는 압력을 FRC 다이빙을 하면 10미터에서 느낄 수 있게 되는 것이다. 깊은 물속으로 다이빙하기 전에 FRC 다이빙으로 웜업을 하면 효율적으로 폐를 스트레칭할 수 있다. 다만 흉곽이 유연하지 않거나 급격한 압력 변화에 적응할 수 있는 몸 상태가 아니면 위험할 수 있는 다이빙이다.

마우스 필 이퀄라이징은 잔기량에 도달하기 전 공기를 폐에서 입으로 올려 입안에 머금고 있다가 이퀄라이징을 할 때 입안에 머금고 있던 공기를 이용하는 방법이다. 폐에 무리를 주지 않고 잔기량에 도달했을 때 압력 평형을 할 수 있도록 도와주는 방법이다. 마우스 필을 제대로 할 수 있게 되면 수심을 급격하게 늘릴 수 있다. 마우스 필을 할 수 있게 된다는 것은 중형차를 타다가 포르쉐 같은 스포츠카로 갈아타는 것으로 비유할 수 있다. 40미터 이상 내려가려면 마우스 필이 필수적이다.

리버스 패킹은 공기를 최대한 내뱉은 상태에서 인위적으로 폐에서 공기를 더 빼내는 것이다. 깊은 수심 다이빙을 하기 전 좋은 스트레칭 방법인데 심하게 하면 졸도할 수 있어 적절하게 시행해야 한다.

이렇게 레벨3에서는 다양한 스킬을 배우는 데 가장 중요한 이론과 스킬은 FRC 다이빙과 마우스 필 이퀄라이징 테크닉이다. 코스를 진행할 때 이 두 가지를 집중적으로 트레이닝했고 교육은 나흘 동안 진행됐다.

첫째 날은 FRC 다이빙과 프리폴 위주로 교육을 진행했다. 프리폴은 프리다이빙의 꽃이라고도 하는데 음성 부력에서 자유낙하 하는 것이다. 깊은 수심에 들어갈 때 에너지 소모를 최소화하기 위해 프리폴을 하는데 중성 부력까지 핀을 차고 내려가다가 음성 부력이 되면 피닝을 멈추고 그대로 바닷속으로 떨어지는 것이다. 프리폴을 할 때 꿈을 꾸는 것처럼 몽롱한 기분이 드는데 그 느낌이 환상적이다. 보통 다이빙에서는 15미터부터 프리폴을 타는데 FRC 다이빙을 할 때는 5미터부터 프리폴을 탈 수 있다.

둘째 날은 FRC 다이빙과 마우스 필을 반복 연습했다. 마우스 필을 할 때 입안에 머금고 있는 공기가 조금만 방심을 해도 폐로 빨려 들어간다. 어렵게 입안에 머금고 있는 공기를 놓치지 않기 위해 후두개를 닫고 버티는 연습을 했다.

셋째 날에는 노즈클립과 노핀으로 물에 들어가는 연습을 했다. 보통은 마스크를 쓰고 물에 들어가는데 노즈클립을 하면 마스크를 쓰지 않고 맨눈으로 물에 들어간다. 처음에는 적응하기 쉽지 않은데 50미터 이상 들어가려면 노즈클립으로 다이빙을 해야 한다. 오후에는 근처 수영장에 가서 다이나믹 75미터와 10분 안에 400미터 수영하기 테스트를 했다. 다이나믹은 80미터, 400미터 수영은 9분 8초에 들어와서 통과했다.

넷째 날에는 스태틱 코칭하는 방법을 배웠고 실습을 했다. 그 후 이어진 스태틱 테스트. 3분 30초 이상 숨을 참아야 하는데 나는 4분 12초 기록으로 통과했다. 오후에는 CWT 다이빙을 했다. 코스 기간에는 마우스 필과 프렌젤로만 이퀄라이징을 하고 다이빙을 했는데 마지막은 마우스필과 프렌젤을 쓰지 않고 BTV(Beance Tubaire Volontaire)로 다이빙을 했다. BTV는 핸즈프리라고도 하는데 손을 쓰지 않고 이퀄라이징을 하는 방법이다. 코스 기간에는 평소에 쓰지 않던 프렌젤로 이퀄라이징을 해야 했는데 마지막은 내 방식으로 자유롭게 다이빙을 해보고 싶었다. 30미터 CWT를 했는데 1회차는 마우스 필과 BTV로, 2회차는 BTV만으로 다이빙을 하고 해양 세션을 마무리했다. 오후에는 매듭법, 부이 설치 방법을 배우고 이론시험을 봤다. 그렇게 SSI 레벨3 코스를 완료했다. 한국에서 목표한 30미터 수심을 다녀왔고 마스터 코스까지 땄는데 뭔가 아쉬움이 남았다. 아직은 내 한계까지 가보지 못한 느낌이었다. 이제 프리다이빙 정규 코스는 강사 과정만 남아 있었다.

AIDA 프리다이빙 강사 과정

SSI 레벨3 코스를 마치고 휴식도 취할 겸 샵을 옮겨 스쿠버다이빙을 했다. 스쿠버다이빙은 프리다이빙과는 다른 매력이 있는데 아이러브 세부 다이버스에서 전기현 강사님께 교육을 받고 PADI 마스터 스쿠버 다이버가 되었다. 스쿠버다이빙을 하며 바다 이곳저곳을 탐험했고 그동안 쌓인 긴장과 피로를 풀었다.

고민 끝에 프리다이빙은 강사 과정까지 해보기로 했고 프리다이브 101 전주영 트레이너님께 교육을 받기로 했다. 프리다이빙 단체는 AIDA, SSI, RAID, PADI, AFIA 등이 있는데 단체마다 특색이 있고 교육 방법에 조금씩 차이가 있다. 그중 AIDA(Association Internationale pour le Developpement de l'Apnee)는 1992년 설립된 세계 최초의 비영리 프리다이빙 협회인데 프리다이빙 대표 단체라고 할 수 있다. 강사 과정은 AIDA 교육 과정으로 제대로 배워 보자고 생각했다.

동생 결혼식이 있어 잠시 한국에 들어갔다가 다시 세부로 왔다. 강사 과정을 시작하기 전 며칠 동안 해양 트레이닝을 하며 몸을 물에 적응시켰고 컨디션 조절을 하며 체력을 끌어올렸다. 강사 과정을 버틸 수 있는 체력을 만들어야 했다.

강사 과정 첫날 코스 진행 방식과 이수해야 하는 테스트 설명을 들었다.

- *레벨1 이론 발표*
- *레벨2 이론 발표*
- *레벨3 이론 발표*
- *제한수역 티칭 2회*
- *개방수역 티칭 2회*
- *스페셜 프리젠테이션 발표*
- *레벨4 이론 시험*
- *레벨 2~4 이론 시험*
- *강사 이론 시험*

- *강사 규범1 시험*
- *강사 규범2 시험*
- *스태틱 4분*
- *다이나믹 80미터*
- *CWT 40미터*
- *CWT 30미터 1분 30초 롱 다이빙*
- *20미터 1분 행잉 후 레스큐*
- *20미터 5번 인터벌, 수면 휴식 1분*
- *25미터 레스큐 후 60미터 끌기*

힘든 과정이라는 것은 알고 있었지만, 막상 설명을 듣고 보니 만만치 않겠다는 생각이 들었다. 이론과 발표, 체력테스트를 모두 통과해야 AIDA 강사가 될 수 있는데 내가 끝낼 수 있을까 하는 생각이 들었다. 교육은 10박 11일 동안 진행됐다. 숙소에서 새벽에 일어나 스트레칭을 하고 프리다이빙 이론을 두세 시간 동안 집중해서 공부하며 그날그날의 발표 준비를 했다. 프리다이빙을 할 때 뱃속에 음식물이 있으면 물에서 불편하기 때문에 아침은 바나나 한 개만 먹었다. 숙소에서는 아침마다 조식을 제공했는데 숙소를 나설 때 야외식당에서 따뜻한 아침 식사를 하는 사람들이 부러웠다.

숙소에서 101 샵까지는 지프니(조그만 트럭과 버스의

중간 형태, 한 번 타는 데 우리 돈으로 140원)를 타고 가다가 큰길에서 내려 1킬로미터를 걸어가야 했다. 걸어가면서 나는 그날의 다이빙을 상상해 봤다. 그리고 실제 물속에서 하는 것처럼 이미지 트레이닝을 했다. 걸으면서 숨을 참고 이퀄라이징을 하고 최대한 자세히 그 상황을 시뮬레이션하려고 했다.

물에 떠서 준비 호흡을 하고 준비가 되면
최종호흡을 한 후 숨을 멈춘다
편안하고 자연스러운 덕 다이빙으로 물에 들어간다
핀을 부드럽고 길게 차면서 물속으로 내려간다
후드에 넣어둔 컴퓨터에서 첫 번째 알람이
울린다(15미터)
15미터까지 이퀄라이징은 15번 한다
마우스 필로 폐에 있는 공기를 입에 올리고
후두개를 단단히 닫는다
20미터까지 이퀄라이징을 5번 더 한다
내려가면서 코로 살짝 공기를 내보내
마스크 압착을 풀어준다
20미터에서 두 번째 알람이 울린다
피닝을 멈추고 눈을 감고 프리폴을 시작한다
연구개를 중립으로 하고 공기를 조금씩 뒤로 보내

이퀄라이징을 한다

프리폴 속도가 빨라지고 물에 빨려 들어가는
느낌이 난다

수압이 온몸을 조여오지만 괜찮다고 스스로
안심시킨다

35미터에서 마지막 알람이 울린다

오른손에 연결된 캐리비너가 40미터
줄 끝에 걸린다

눈을 뜨고 턴을 해서 상승을 시작한다

피닝을 힘차게 한다 하나-둘 하나-둘

아직 20미터나 남았는데 허벅지는 터질 것 같고
숨이 막힌다

하지만 괜찮다 곧 세이프티가 내려올 것이다

15미터에서 세이프티 눈을 보는 순간 안심이 된다

다시 힘을 내서 피닝을 한다 하나-둘 하나-둘

드디어 수면에 도달한다

푸하- 참았던 숨을 내쉬고 빠르게 회복 호흡을 한다

이렇게 걸어가면서 40미터 다이빙 이미지 트레이닝
을 세네 번 정도 하면 101 샵에 도착한다. 이미 온몸은
땀으로 젖어 있다. 윗옷을 벗고 시원한 물을 한잔하고
일과를 시작한다. 그렇게 하루하루를 버티고 보냈다. 혼

자 했으면 버티지 못했을 것이다. 하지만 배려를 많이 해주신 강사 트레이너님과 함께 강사 과정을 진행한 동기 두 분이 있었기 때문에 쓰러지지 않고 과정을 끝낼 수 있었다(함께 해주신 주영 트레이너님, 혜원 트레이너님, 크리스 강사님, 경진이 형, 현주 님, 희주 님. 고마워요).

강사 과정 기간에 프리다이빙에 대해 많이 배웠고 물에 대한 갈증을 모두 풀 수 있었다. 체력적, 정신적 한계도 경험했고 더는 아쉬움이 남지 않았다. 이제는 충분히 했다는 생각이 들었다.

프리다이빙을 하며 배운 것이 있다.

"겸손함과 감사함"

아무리 대단한 사람이라도 물 앞에서는 작아질 수밖에 없다. 세계적인 프리다이빙 선수라도 숨을 참고 물속에서 버틸 수 있는 시간은 10분이 안 된다. 거기서 피닝을 하거나 몸을 움직이면 급격히 산소가 소모되고 버틸 수 있는 시간은 5분 이내로 떨어진다. 보통 사람이라면 물에서 숨을 참고 버틸 수 있는 시간이 2분을 넘기기가 어렵다. 거기서 1~2초만 지나도 정신을 잃게 되고 조금 더 지나면 영원히 깨어날 수 없게 된다. 대자연 앞에 사람은 작은 존재일 수밖에 없고 겸손해야 하는 것이다.

친구와 처음 바다에 나갔을 때 5미터 잠수를 하는 친구가 부러웠고 바닷속은 어떤 느낌일지 궁금했다. 내가 10미터를 내려갈 수 있게 되었을 때는 20미터 바다가 궁금했고 20미터를 내려갔을 때는 30미터에 가면 어떤 느낌일지 궁금했다. 30미터에 내려가 보니 40미터 바다는 어떤 곳일까 궁금했다.

내가 경험한 40미터 바다에서는 아무것도 볼 수 없었고 느낄 수 없었다. 실제로 어두컴컴하거나 생물체가 없는 것은 아닐 것이다. 다만 40미터까지 내 숨의 한계치까지 참고 갔기 때문에 40미터 바닥 추를 손으로 찍고 정신없이 올라오기 바빴다. 눈앞에 뭐가 보이는지 40미터 바다는 어떤 느낌인지 생각할 여유가 없었다. 단지 살려면 다시 올라가야 한다는 생각만 들었다. 올라가면서는 '내가 과연 정신을 잃지 않고 수면까지 올라갈 수 있을까' 하는 생각이 들었다. 수면에서 정상적으로 호흡하는 게 간절했다. 딱 한 번만 숨을 쉴 수 있다면 소원이 없겠다는 생각이 들었다. 마침내 머리가 수면 위로 나오고 참았던 숨을 내뱉으며 신선한 공기를 들이마셨을 때의 기쁨은 말로 표현할 수 없다.

40미터 다이빙을 하고 올라오는 시간이 영원같이 느껴졌지만 불과 1분 35초가 걸렸을 뿐이다. 그때 깨달았다. 10미터, 20미터, 30미터, 40미터 내려가는 것이 중요한 것이 아니라는 것을. 물이 주는 편안함을 느끼고 거기에 감사함을 느끼는 것이 중요한 것이었다.

숨을 쉴 수 있다는 것 하나만으로도 인생은 기적이고 감사한 것이다.

프리다이빙 35미터의 벽

프리다이빙 단체마다 다르기는 하지만 기본적으로 강사가 되려 한다면 수심 40미터를 CWT로 다녀올 수 있어야 한다. 40미터를 다녀오는 게 생각보다 쉽지 않다. 10미터, 20미터, 30미터는 막힘 없이 다녀올 수 있었다. 다행히 이퀄라이징을 하는 데 무리가 없었고 천천히 수심을 늘려가다 보니 부상 없이 몸도 적응했다. 하지만 35미터부터는 벅찬 느낌이 들었다. 내려갈 때는 괜찮았지만 올라올 때 허벅지가 터질 것 같았고 정신을 잃을 것 같았다. 무사히 수면에 도달할 수 있을까 하는 두려움이 컸다.

35미터의 벽.

내 마음속의 한계였다. 35미터 이상 내려가는 것이 두려웠다. 트레이닝으로 이미 몸은 35미터 이상을 갈 수 있는 상태였지만 내 마음속의 두려움은 35미터 이상 내려가는 것을 허락하지 않았다. 내려가다가 30미터만 넘어가도 두려움 때문에 얼리턴을 하고 수면으로 올라 왔다. 내려갈 때 고개는 반드시 눈앞에 있는 줄을 봐야 한다. 갑자기 고개를 들어 밑을 보면 기도를 다칠 수 있 고 심각한 부상을 입을 수도 있다. 한 번은 35미터를 목 표로 내려가는데 두려움이 확 밀려왔다. 어디까지 왔나 확인하려고 나도 모르게 고개를 들고 바닥을 내려다보 았다. 목에 통증이 밀려왔고 바로 턴을 해서 올라왔다. 수면에서 회복 호흡을 하는데 숨도 잘 쉬어지지 않았 다. 침을 뱉어보니 피가 섞여 나왔다. 큰 부상은 아니었 지만, 기도에 스크래치가 생겼다. 기도가 회복되기까지 물에 들어가지 않고 휴식을 취했다. 몸이 회복되고 다 시 35미터에 도전했지만 역시나 도달할 수 없었다. 내 가 가진 심리적인 두려움. 그 누구도 나 대신 그 두려움 을 깨뜨려 줄 수 없다. 오직 나 스스로 이겨내야 한다.

30미터까지 가는 것만으로도 충분히 많이 갔다고 생각했다.

40미터가 뭐기에. 굳이 이걸 꼭 해야 할까 생각했다.

하지만 누가 시켜서 하는 것이 아니었고 내가 40미터 바다에 가보자고 마음먹은 것이었다. 마음 편히 포기하면 되지만 그렇게 하면 나중에도 계속 생각이 날 것 같았다. 다시 부딪혀 보자고 생각했다.

왜 35미터에서 두려움이 생기는가. 숨이 편하지 않았다. 마스크 압착을 풀기 위해 내려가며 조금씩 코로 공기를 내보내야 하는데 그러다 보니 마지막에 숨이 모자랐다. 최대한 효율적으로 공기를 써야 했다. 그러려면 내려갈 때 에너지 소모를 줄여야 했다. 20미터까지 피닝을 해서 내려가고 그 후로는 음성 부력 상태로 피닝을 하지 않고 프리폴로 내려갔다. 하지만 에너지 절약을 위해 15미터부터 프리폴을 타는 것으로 바꿔보았다. 프리폴을 탈 때 눈을 감고 최대한 편안한 마음으로 내려갔다. 조금씩 두려움이 없어지는 느낌이 들었다.

내 마음속에 있는 두려움과의 싸움. 두려움의 원인이 무엇인지 자세히 보면 보인다. 막연히 두렵다고 생각하면 그 두려움은 걷잡을 수 없이 커지고 마음속을 지배하게 된다. 하지만 차분히 그 두려움의 실체를 들여다보면 알 수 있다. 결국은 원인이 있고 해결 방법이 있는 것이다. 두렵다고 피하면 끝까지 이겨낼 수 없다. 두려움에 부딪히고 깨져보고 그러면서 그 실체를 알게 되면 해결할 수 있는 길이 보인다.

그렇게 다양한 시도 끝에 두려움을 이겨내고 35미터의 벽을 넘을 수 있었다. 그 후로는 쉬웠다.

36미터
37미터
38미터
39미터
40미터
⋮

살다 보면 두려운 것을 마주치는 순간이 있다. 그때 그 두려움을 이겨내기는 쉽지 않다. 하지만 잘 찾아보면 이겨낼 방법 역시 반드시 있을 것이다.

프리다이버의 바다

하늘에는 구으름
바다에는 너와나

파도에 몸을 맡기고
온 몸에 힘을 뺀다

스르르륵
온 몸에 힘이 빠지고
바다의 속삭임이 들린다

I'm ready
Three two one
입수

하나 둘 하나 둘
피닝을 멈춘다

부유하는 나를
심연은 끝없이 빨아들인다

더 내려오라고
여기가 니가 있을 곳이라고
끊임없이 유혹한다

하지만 올라가야 한다
정신을 차리자
눈을 뜨자

눈을 뜨고 꿈에서 깨어난다
살기 위해 피닝을 해야 한다

하나 둘 하나 둘

허벅지가 터질 것 같다

너는 내 눈을 보고 있다
나는 괜찮다고 고개를 끄덕인다

"허업-파 허업-파 허업-파"

다행이다
나는 또 심연의 유혹을 이겨냈다

프리다이빙(무호흡 잠수)

TIPS

1. 프리다이빙에 입문할 때 바로 강습을 받기보다는 체험
   프리다이빙을 먼저 해보자. (소정의 비용으로 수영장 잠수
   풀에서 진행하는 것)

---

2. 프리다이빙 단체에 따라 교육 방법에 차이가 있을 수
   있으니 장단점을 비교해 보고 교육을 진행하자.

---

3. 인터넷 카페, 동호회가 활성화되어 있으니 가입해서
   정보를 얻고 번개에 참여해 보자.

5장

책의 향기와
영화의 추억

책 읽기, 영화 감상

퇴근 후 자주 가던 삼성역 근처 스타벅스. 걸어가며 사이렌 오더로 따뜻한 오늘의 커피를 시켜둔다. 도착할 즈음 커피가 나오고 자리에 앉자마자 바로 책을 꺼내 펼친다. 그렇게 퇴근 후 책을 읽다 보면 어느새 한 시간, 두 시간이 훌쩍 지나간다. 배가 슬슬 고플 때쯤 책을 덮고 자리에서 일어난다. 퇴근 후 그렇게 책 읽는 시간을 갖다 보니 어느새 한 권, 두 권 읽은 책이 쌓여간다.

평소에 책을 읽어야겠다고 생각하는 이가 많지만, 막상 책을 읽으려 하면 시간이 없다. 퇴근 후 집에 도착하면 피곤해서 책장을 넘길 힘조차 없고 그대로 침대에 누워 유튜브를 보거나 핸드폰으로 기사를 검색하며 저녁 시간을 보내는 경우가 많다. 그래서 일부러 환경을 만들어 보는 것이다. 퇴근 후 특별한 계획이 없으면 바로 카페에 가서 책을 읽는다. 일단 책을 펴면 책을 읽게 된다. 처음에는 졸리고 집중이 잘 안 되지만 핸드폰을 가방에 넣어두고 책을 읽는 데 집중하다 보면 어느 순간 책에 빠진 자신을 발견하게 될 것이다.

퇴근 후 한 시간의 책 읽기. 아무것도 아닌 것 같지만 이 시간이 쌓이고 계속되면 어느 순간 책 읽는 속도가 빨라지고 머릿속에 쌓이는 지식도 급격하게 늘어난다. 혼자 읽어도 좋고 독서 모임을 통해 사람들과 함께 읽고 토론하는 것도 좋다. 어찌 되었든 중요한 것은 책을 읽기 시작하는 것이다.

책을 읽는 것이 지루하다면 퇴근 후 영화 한 편을 보는 것은 어떨까? 보통 신작 영화는 수요일에 개봉하는데 평소에 보고 싶었던 영화를 찜해두고 보러 가는 것이다. 퇴근 시간에 맞춰 가까운 극장에 영화를 예매하고 상영 시간이 되면 가볍게 햄버거나 간식을 사서 영화를 보러 들어간다. 영화 한 편에는 많은 이의 노력과 시간, 돈, 그리고 간절함이 녹아 있다. 기획부터 제작, 개봉까지 최소 몇 년의 시간이 걸려 완성되는 영화를 1만 원에 볼 수 있다는 것은 손해 보는 장사가 아니다. 잘 만들어진 영화를 보며 그 영화 속에 빠져들어 주인공의 상황이 되어보고 몰입해 보는 경험은 인생을 풍요롭게 해준다.

오늘 퇴근 후 특별한 약속이 없다면 카페에 가서 따뜻한 커피 한 잔과 함께 책을 읽어보거나 영화를 한 편 보는 것은 어떨까? 분명 예전과는 다른 인생의 깊이와 향을 느낄 수 있을 것이다.

책 100권을 쌓기까지 1년 8개월

신입사원 때 부산에서 팀 회의가 있었다. 다음 분기 판매 계획을 세우는 회의였는데 분위기가 무거웠다. 판매가 어렵던 시기라 어떻게든 돌파구가 필요했다. 조를 짜서 판매 리뷰를 하고 다음 분기 판매 전략을 짰다. 왜 판매가 어려웠는지 원인을 파악하고 다음 분기에는 어떻게 판매해야 할지 고민했다. 아이디어를 취합하고 토론을 거쳐 다음 분기 판매계획을 완성했다. 완성된 계획은 조별로 발표했는데 중간중간 본부장님이 날카롭게 질문을 했다. 하루가 참 길게 느껴졌다. 아침 일찍 시작된 판매 회의는 늦은 저녁 시간이 되어서야 겨우 마무리됐다.

회의를 마치고 광안리 근처에 있는 횟집에 가서 회식을 했다. 마침 그날이 내 생일이었는데 팀장님이 본부장님에게 생일 선물로 덕담 한마디 해달라고 했다. 팀원들이 모두 잔을 채우고 기다렸다. 강원두 본부장님은 한참 생각하다가 한마디 했다.

"책을 많이 읽어라."

그리고 덧붙였다.

"쌓여가는 책의 높이만큼 실력이 쌓인다. 그 효과가 바로 나타나지는 않겠지만 인생을 살아갈 때 힘이 되어 줄 것이다."

그전에는 책을 거의 읽지 않았다. 가끔 책을 사기는 했지만 몇 장 보다가 접어서 표시하고 책상에 올려 두었다. 한참 지난 후 다시 책을 펴봐도 또 몇 장 읽다가 다시 접어서 표시하고 책상에 올려 두었다. 그런 것이 반복되다가 기간이 길어지면 자연스럽게 읽던 책은 더는 읽지 않게 되고 접어 놓은 페이지만 그대로 남아 있게 된다. 1년에 책 한 권을 끝까지 읽기도 어려웠다. 조언을 들은 그날 이후 책을 제대로 읽어봐야겠다고 생각했다. 얼마나 읽어야 하나 생각하다가 100권 정도 읽으면 충분할 것 같았다. 책 100권을 읽으면 실력이 쌓일 줄 알았다.

인생의 스승이신 맹지열 팀장님이 선물로 준 〈프레임〉으로 독서 생활을 시작했다. 신입사원이던 내가 프레임에 갇히지 말고 다양한 각도에서 여러 가지 시도를 해보라는 메시지라고 생각했기 때문에 나에게는 큰 의미가 있었다. 《프레임》을 다 읽기까지 한 달 정도 시간이 걸렸다. 퇴근하면 시간이 될 때마다 카페에 가서 책을 읽었는데 집중이 잘 안 됐다. 책을 잠깐 보다 보면 어느 순간 졸고 있었다. 그러다 정신이 들면 다시 몇 장 읽다가 어느새 핸드폰을 만지고 있었다. 실시간 기사를 읽고 카톡을 확인하고 그러다가 다시 책 읽기를 반복했다. 책을 띄엄띄엄 읽다 보니 책을 다 읽어도 기억에 남는 부분이 별로 없었지만 그래도 그렇게 책을 한 권씩 읽어나가기 시작했다.

다 읽은 책은 바닥에 쌓아 뒀다. 책이 쌓이는 모습을 보며 내 실력이 쌓인다고 상상했다. 한 권씩 한 권씩 다 읽은 책의 권수가 늘어났다. 100권까지 책을 쌓으려 했는데 30권이 넘어가니 한쪽으로 책이 쏠리며 넘어졌다. 그래서 책 제목을 앞, 뒤로 엇갈리게 하여 책을 쌓았다.

그것도 50권이 넘어가니 역시 쓰러졌다. 벽에 기대어 책을 쌓다가 그냥 30권씩 나눠서 쌓았다. 그렇게 100권을 쌓는 데 1년 8개월이 걸렸다.

100권의 책을 읽으면 큰 변화가 생길 줄 알았다. 실력이 엄청나게 늘고 인사이트가 생길 줄 알았다. 그렇게 책 100권을 읽었지만 크게 변한 것이 없는 듯했다. 다만 예전에는 집에 있을 때 텔레비전을 틀어 놓고 핸드폰을 만지작거리며 시간을 보냈는데 책을 읽기 시작하면서 텔레비전을 없앴고 대신 책을 읽었다. 밖에서 시간이 있으면 카페에 가서 책을 읽었다. 책 읽는 습관이 생긴 것이다. 초반에는 100권을 채우려고 억지로 읽었는데 어느 순간 책 읽는 재미가 생겼다. 내가 관심 있는 분야의 책을 찾아서 읽고 마음을 울리는 책이 있으면 그 작가가 쓴 책을 찾아서 읽었다. 원래 목표로 한 100권 읽기를 끝냈지만 이미 책 읽기가 습관이 돼 멈출 수 없었다. 100권을 더 읽어 200권을 채워보자고 생각했다. 그렇게 100권을 더 읽는 데는 1년 2개월이 걸렸다.

책을 읽으면 생기는 변화

책을 200권 읽었을 때도 역시 크게 변한 게 없는 것 같았다. 하지만 양치질을 하는 것처럼 책 읽는 것이 자연스럽게 일상생활의 한 부분이 되었다. 의식적으로 시간을 내서 책을 읽는 것이 아니라 자투리 시간에 자연스럽게 책을 펼쳤다. 누군가와 약속이 있으면 약속 장소에 조금 일찍 가서 책을 읽었고, 출장을 갈 일이 있으면 이동할 때 열차에서 책을 읽었다. 외출할 때는 가방에 책을 두세 권씩 가지고 다녔다. 한꺼번에 책을 다 읽는 것이 아니라 한 권을 읽다가 지루해지면 바꿔서 읽었다. 집 근처에 있는 카페에도 책을 몇 권 맡겨 두고 지나가다가 들러서 잠깐씩 읽었다.

300권
400권
500권
⋮

어느 순간 읽은 책이 계속 늘어났다. 200권이 넘으면서부터는 책을 쌓을 공간이 없어서 책장을 사서 꽂아 두었다. 책장에 꽂고 남은 책은 쌓아 뒀는데 그렇게 해서 더 이상 쌓을 수 없으면 또 책장을 사서 꽂았다. 그렇게 몇 번 반복하니 책장도 놓을 공간이 마땅치 않게 되었다.

처음에 책을 읽을 때는 100권을 목표로 읽었고 몇 권을 읽었는지가 중요하다고 생각했다. 하지만 어느 순간 알게 되었다. 몇 권의 책을 읽었는지는 중요하지 않다는 것을 말이다. 책을 읽는다는 것 그 자체가 중요한 것이다.

책을 읽으며 느끼는 여러 가지 즐거움이 있다.

앎의 즐거움
간접 체험의 즐거움

몰입의 즐거움 등.

책을 읽다 보면 자연스럽게 그런 즐거움을 느낄 수 있다.

책을 100권 읽었을 때는 변한 것이 없다고 생각했는데 그렇게 책을 읽는 과정에서 생각이 유연해진 것 같다는 느낌이 들었다.

"틀린 것이 아니라 다르다는 것"

책을 읽으며 그걸 배웠다. 사람마다 생각이 다를 수 있는데 다르다는 것이 틀린 것은 아니라는 것을 이해하게 되었다. 딱딱하게 경직된 사고방식에서 조금은 유연하게 생각하고 바라볼 수 있게 되었다. 틀린 것이 아니라 다른 것이라는 관점에서 사람을 보니 상대방의 입장에서 생각하고 이해할 수 있게 되었다. 그러다 보니 화를 낼 일이 점점 줄어들었다. 선배들은 내 눈빛이 부드러워지고 행동에 여유가 생긴 것 같다고 했다. 책을 읽고 변한 게 없는 줄 알았는데 생각보다 많은 변화가 있었다.

책을 읽으면 인생이 변한다고 한다. 1년에 책을 100권씩 읽는다고 하면 10년이면 1000권이다. 20년이면 2000권, 30년이면 3000권이다. 1년, 2년 사이에는 그 차이가 크지 않을 수 있지만, 시간이 지나면 책을 읽고 안 읽고의 차이가 상당하리라 생각한다. 앞으로도 계속 생활 속에서 책을 가까이하려고 한다. 책을 읽을 때의 즐거움을 이미 알아버렸기 때문에.

책 한 권에 추억과 책 한 권에 사랑이

책을 읽을 때 맨 앞장 귀퉁이에 내 사인과 함께 책을 읽기 시작한 장소와 날짜를 써둔다. 나중에 다시 책을 꺼냈을 때 그 표시를 보면 책을 읽었을 때의 기분과 분위기가 함께 떠오른다.

책을 어떤 카페에서 읽었는지
책을 읽을 때 커피 향이 어땠는지
그 커피숍의 조명과 흘러나오던 음악
책을 읽으며 어떤 생각을 하고 있었는지

책 한 권을 읽으면 다양한 느낌과 추억이 책에 스며드는 것이다. 가끔 사람들이 집에 오면 책장을 보고 책을 빌려 달라고 한다. 그러면 나는 빌려 달라고 한 책과 똑같은 새 책을 사서 선물한다. 다른 사람이 볼 때는 내가 읽은 책과 새 책이 같은 책으로 보일 것이다. 하지만 나에게는 전혀 다른 의미의 책으로 다가온다. 똑같은 책으로 보이지만 내가 읽은 책은 단순한 책이 아니다. 내 손때가 묻어 있고 책을 읽는 동안 느낀 내 생각과 추억, 시간이 녹아 있는 세상에 단 하나밖에 없는 책인 것이다.

빌려 달라는 사람이 많아 여러 번 산 책도 있다. 무라카미 하루키의 《달리기를 말할 때 내가 하고 싶은 이야기》라는 책은 선물하다 보니 다섯 권을 사게 됐다. 결국 내가 읽은 책 역시 누군가에게 선물로 주고 지금은 원서만 가지고 있다. 사람들에게 책을 잘 권하지 않지만 드물게 책을 추천해 주기도 하고 가끔은 내가 읽은 책을 선물한다.

외국 작가가 쓴 책 중 좋았던 책은 어느 정도 시간이 흐른 후 원서를 사서 읽어본다. 작가가 어떤 느낌으로 책을 썼는지 이해해 보고 싶기 때문이다. 원서로 된 책은 소리를 내서 읽는데, 하루 30분씩 읽다 보면 다 읽는 데 대략 한 달이 걸린다. 그렇게 책을 읽으면 작가의 생각을 조금 더 이해할 수 있게 된다.

초반에는 그냥 책을 읽었지만, 어느 정도 시간이 지난 다음부터는 다양한 방법으로 책을 읽는다. 예전에는 지루한 책이더라도 끝까지 읽었지만, 요즘은 그런 책은 끝까지 읽지 않는다. 발췌독 해서 읽기도 하고 정독해야 할 책은 꼼꼼하게 읽는다. 읽은 책을 시간이 지나서 다시 읽어 보기도 한다. 책을 읽다가 모르는 내용이 나오면 인터넷으로 관련 내용을 찾아보고 모르는 지역이 나오면 지도를 찾아보며 연결해서 읽는다. 책에 나온 좋은 내용은 원노트에 정리해서 필요할 때 한 번씩 다시 꺼내 읽어본다.

요즘은 전자책으로 읽는 비중을 늘리고 있다. 책은 종이책으로 읽어야 한다고 생각했는데 전자책으로 읽다 보니 꼭 그런 건 아닌 것 같다. 전자책 리더기가 좋아져서 눈에 피로도가 덜하고 책 읽기도 편해졌다. 특히 여행 갈 때는 무거운 책 여러 권 대신 리더기에 전자책을 몇 권 다운받아서 간다. 가끔은 운전할 때 오디오 북으로 책을 듣기도 한다. 그렇게 책 읽는 방법이 다양해졌고 그만큼 책 읽는 즐거움도 커졌다.

책 읽기. 추천한다.

배우기에 늦은 나이는 없다

《백 년을 살아보니》의 저자 김형석 교수님은 50대에 테니스를 시작했다. 하지만 테니스는 시간을 맞춰야 하고 짝이 있어야 해서 혼자 자유롭게 할 수 있는 운동을 찾았다. 그래서 그는 60대에 수영을 시작했다. 지금도 일주일에 2~3회 수영을 한다고 하는데 60대에 시작한 수영이 40년 동안 이어지고 있는 것이다. 그가 만약 60대가 수영을 배우기에 늦은 나이라고 생각해서 시작하지 않았다면 여전히 수영을 할 수 없었을 것이다.

세부에서 프리다이빙을 하고 있을 때 표수진 지사장님께 연락이 왔다. 정년퇴직을 앞두고 3개월 동안 세부로 어학연수를 온 것인데 마침 나도 세부에 있었다. 지사장님을 만나 이런저런 얘기를 나눴다. 하루 아홉 시간씩 공부하는 스파르타식 학원에서 영어를 배우고 있다고 했다. 한창 젊은 나이의 학생도 그렇게 영어 공부하기가 쉽지는 않은데 60대인 지사장님이 그렇게 공부하기는 더 쉽지 않을 것이다. 3개월 동안 공부한다고 영어를 유창하게 할 수는 없을 것이다. 하지만 최소한 배우지 않은 것보다는 훨씬 나을 것이다.

무언가를 시작하기 적절한 때가 있다고 한다. 하지만 그 시기가 지났다고 해서 할 수 없는 것은 아니다. 늦었다고 생각할 때 할 수 있을지 고민하고 망설이기보다는 시작해서 부딪혀 보는 편이 낫다. 망설이며 시작하지 않으면 영원히 할 수 없게 되지만 일단 시작해 보면 어떻게든 방법이 있을 것이고 최소한 나중에 후회는 남지 않을 것이다.

*세부에 있는 지사장님에게 카톡을 받았다. 20대 친구들과 스쿠버다이빙을 시작했다며 물속에서 찍은 사진을 보내줬다. 물속에서 행복하게 웃고 있는 모습이 보기 좋았다. 도전하는 지사장님의 멋진 인생을 응원한다.

토요명화 vs. 올레티비

어릴 적 주말에 부모님과 한 번씩 토요 명화를 보던 기억이 있다. 보통은 그 시간 전에 잠이 들었지만 깨어 있을 때는 부모님과 누워서 영화를 봤다. 간식을 먹으며 영화를 봤는데 영화 내용보다 간식을 먹는 게 좋았다.

토요 명화 오프닝에 나오는 웅장한 시그널과 황금색 별이 생각난다.

빰빰빠~빠밤 빰빰빠~빠밤

웅장한 음악이 울리면서 황금색 별이 날아다니고 그 별은 '토요 명화'라는 글자로 바뀐다. 그리고 광고 리스트가 나왔다.

영화를 시작하기 전 광고가 참 많았고 광고 시간이 길었다. 나는 대개 영화 시작 전 광고를 보다가 잠이 들었다. 당시에 어떤 영화를 봤었는지 잘 기억나지 않는다. 다만 조그만 브라운관 텔레비전 앞에 다 같이 누워 불을 끄고 간식을 먹으며 영화를 보던 느낌이 좋았다.

그런 기억 때문인지 지금도 영화 보는 걸 좋아한다. 퇴근 후 극장에서 보는 한 편의 영화. 블록버스터나 상업적인 영화를 두 편 보면 한 편은 다큐멘터리 영화나 사람들이 잘 보지 않는 영화를 찾아서 본다. 나는 영화를 보면서 최대한 그 상황 속에 빠져 보려고 한다. 제삼자의 눈으로 영화 속 상황을 관찰하는 것이 아니라 그 영화 속으로 들어가 주인공의 입장이 돼 경험해 보는 것이다. 현실에서 경험할 수 없는 상황과 다른 사람의 인생을 영화를 통해 간접적으로 경험해 보는 것은 멋진 일이다.

지금도 고향에 가면 내려간 첫날 저녁에는 부모님과 영화를 본다. 어머니가 무서운 영화를 못 보기 때문에 아버지와 나는 최신 영화 중 그리 무섭지 않은 영화를 선택한다. 그리고 어릴 때처럼 누워서 간식을 먹으면서 영화를 본다. 어릴 때와 달라진 것이 있다면

그때는 토요 명화였지만,

지금은 올레티비로 영화를 본다는 것
그때는 텔레비전에 나오는 영화를 봤지만,
지금은 선택해서 볼 수 있다는 것
그때는 영화를 보며 콜라를 마셨지만,
지금은 맥주를 마신다는 것
그때는 내가 먼저 잠들었지만,
지금은 부모님이 먼저 잠드신다는 것

영화를 중간쯤 보다 보면 어머니는 이미 잠들어 있고 곧이어 아버지의 코 고는 소리도 들린다. 그러면 나는 조용히 영화를 끄고 내 방으로 들어가서 잠을 잔다. 다 못 본 영화는 언제든 다시 이어서 볼 수 있으니까.

전주영화제와 뱅글 장수

전주에서 회사생활을 시작했다. 서울에 있는 본사에서 한 달간 트레이닝 받고 바로 전주에 배치되었다. 전북, 제주 지역 대형마트를 관리하는 영업사원이었다. 회사는 대형마트에 생활용품을 납품했는데 당시 대형마트가 전성기라 매장에 회사 제품을 관리하는 판촉 여사님이 세네 명씩 투입되어 있었다. 사람에 치이고 일에 치이며 사회생활을 배우던 나는 가끔 힘이 들 때 전주 중심 거리를 걸으며 스트레스를 풀곤 했다.

하루는 매장에서 불량 제품 이슈로 큰 컴플레인이 걸렸다며 연락이 왔다. 직접 고객 집으로 가서 제품을 수거하고 사과를 드렸다. 본사에 고객센터가 있었지만 가끔은 그렇게 영업사원이 직접 나서야 문제가 원만하게 해결되기도 한다. 그날은 꽤 지쳤었다. 그래서 일을 마치고 전주 객사 거리를 걸었다. 걷다 보니 마침 그때가 전주 국제영화제 기간이었다. 지금은 전주 영화제를 찾는 사람이 많고 거리가 축제 분위기로 가득하지만, 당시에는 영화제 현수막이 거리에 걸려 있는 정도고 찾는 사람은 그리 많지 않았다. 그냥 '영화제를 하는구나' 하는 정도였다. 객사 거리에서 조금 들어가니 넓은 공터에 가건물이 세워졌고(지금 CGV 자리) 가건물 2층에 빈 소파가 군데군데 놓여 있었다.

아이스 아메리카노를 사서 푹신푹신한 소파에 누웠다. 1층에서 '관객과 감독의 대화' 세션이 진행 중이었는데 질문하고 대답하는 게 들렸다. 커피를 마시며 하늘을 보았는데 구름이 군데군데 있고 하늘이 청명했다. 파란 하늘에 하얀 구름 몇 조각이 솜처럼 붙어 있는 것 같았다. 사람들의 웅성거림과 파란 하늘의 청명함, 그리고 시원한 커피 맛이 어우러져 무척 상쾌했다. 영화제 기간이었지만 영화는 보지 않았다. 영화를 보지 않아도 충분히 즐거웠기 때문이다.

그 후 서울 본사로 발령이 나서 5년 동안 정신 없이 회사 생활을 했다. 매년 전주영화제 기간이 되면 전주에 내려가야겠다고 생각하지만, 마음뿐이었다. 실제로 가려고 하면 왜 그렇게 멀어 보이던지. 하지만 2018년에는 당일치기로라도 가볍게 다녀오자고 생각했다. 즉흥적으로 5월 5일 아침 7시에 서울에서 전주로 출발했다. 평소 세 시간이면 서울에서 전주까지 갈 수 있는데 그날은 황금연휴 시작이라 차가 많이 막혔다. 결국, 오후 2시에 전주에 도착했다. 바로 객사로 이동해서 영화를 보려고 했는데 당일 예매로 볼 수 있는 영화는 거의 없었다. 알고 보니 영화제 영화는 사전 예매로 대부분 매진되고 일부 남아 있는 영화도 당일에는 거의 볼 수 없다는 것이다. 아쉬운 마음에 극장 앞을 서성이고 있는데 배우 권해효 아저씨가 자전거를 타고 CGV 극장으로 들어왔다. 예쁜 브롬톤 자전거를 접어서 들고 올라가는데 쿨해 보였다.

계획은 당일치기였지만 전주까지 왔는데 영화를 못 보고 가면 아쉬울 것 같았다. 당시 극장에서 상영하고 있던 마동석이 나오는 팔씨름 영화 〈챔피언〉을 보고 올라갈까도 생각했다. 하지만 서울에서도 볼 수 있는 영화를 일곱 시간 걸려 내려온 전주에서 보고 가는 건 아닌 것 같았다. 그래서 1박을 하고 다음 날 아침 영화제 영화를 한 편 보고 올라가기로 했다.

내가 선택한 영화는 〈뱅글 장수〉였다. 인도 영화인

데 영화제 책자에 아래와 같이 설명돼 있었다.

"뱅글 장수와 그의 아내가 아이를 가질 수 없는 건 마을의 공공연한 비밀이다. 가부장적인 인도 남부 마을을 배경으로 남편은 남모르는 욕망과 연애를 지켜갈 방법을 궁리하는데……."

뭔가 신비로운 느낌의 영화일 것 같아 기대되었다.

다음 날 〈뱅글 장수〉를 보기 시작했는데 나를 비롯해 오른쪽, 왼쪽, 왼쪽 옆에 있는 사람까지 사이 좋게 잠이 들었다. 처음에는 졸지 않으려 노력했지만, 옆에서 자는 사람들을 보고 나만 그런 것이 아니라는 안도감이 들어 그대로 푹 자고 나왔다. 책자에 나와 있는 영화 설명과 실제 내용이 많이 달랐다. 처음부터 끝까지 잔잔한 다큐멘터리 스타일의 영화였다(뱅글은 팔찌 같은 것인데 주인공 아저씨가 오토바이를 타고 뱅글을 팔러 다닌다는 소소한 내용이었다). 나중에 회사 동료에게 들어보니 원래 영화제에 나오는 영화는 팸플릿 설명과 다른 경우가 종종 있다고 한다(그 동료도 〈뱅글 장수〉 다음 영화를 봤다고 하는데 마주치지는 않았다. 영화를 좋아하는 그 친구와 언젠가 영화제에서 마주치게 될 날이 있지 않을까 싶다).

극장에서 푹 자고 나왔는데 배에서 긴급하게 신호를

보내왔다. 전날 전주의 맛있는 음식을 너무 많이 먹은 결과다. 옆에 있는 CGV 화장실로 뛰어갔다. 모든 칸이 만석이었는데 장애인 화장실은 불이 꺼진 채 문이 닫혀 있었다. 예전에도 공항에서 급할 때 장애인 화장실을 이용한 적이 있었다. 그때는 안에서 문을 닫으면 밖에서 열림 버튼을 눌러도 "현재 사용중입니다"라는 멘트가 나오며 문이 열리지 않았다.

당연히 사람이 없는 줄 알고 열림 버튼을 눌렀는데 화장실 안에서 안경 쓴 청년이 얼굴이 사색이 돼 나를 보고 있었다. 나도 당황하고 그분도 당황해 잠시 정적이 흘렀다. 정신을 차린 청년이 앉은 자세로 다급하게 "안에 사람 있잖아요!"라고 소리를 질렀다. 목소리가 크지 않았지만 얼마나 화가 났는지 절절히 느껴졌다.

나는 그대로 뒷걸음질 쳐서 나갔는데 바로 옆이 여자 화장실 입구였다. 서 있던 여자분들이 "저기 무슨 일이야"라고 웅성대며 화장실 안을 살펴보기 시작했다. 정신이 번쩍 들어 문을 닫아주러 화장실로 돌아갔는데 이미 그 청년은 주춤주춤 문 쪽으로 다가와 문을 닫으려 하고 있었다. 내 얼굴을 확인하고 청년은 다급하게 "빨리 문 닫으세요!"라고 소리질렀다. 움찔해서 바로 화장실 문을 닫고 2층 화장실로 뛰어갔다.

나도 화장실에서 급한 일을 처리하고 잠시 생각해보

니 너무 미안한 마음이 들었다. 제대로 사과하려고 다시 1층 화장실로 내려갔는데 이미 화장실은 비어 있었다. 혹시라도 그분이 이 글을 보고 있다면 그때 정말 죄송했다고 사죄 드리고 싶다.

편안한 휴식 시간을 선물해 준 〈뱅글 장수〉를 뒤로 하고 서울로 올라오는 길 역시 많이 막혀서 다섯 시간이 걸렸다. 전주에서 서울까지 왕복 열두 시간. 그래도 나는 매년 전주영화제에 가고 싶을 것이다. 매년 갈 것이라 장담은 못 하지만 최소 2년에 한 번씩은 어떻게든가 보려고 한다. 그때는 또 어떤 영화를 만나고 어떤 즐거운 일이 생길지 기대된다.

영화 〈공범자들〉

퇴근할 때 항상 삼성역에서 지하철을 탔다. 어느 날인가 삼성역 근처에 있는 슈페리어 빌딩을 지나는데 사람들이 잔뜩 모여 있었다. 방송사 카메라가 설치돼 있고 기자들이 몰려 있었다. 뭔가 사건이 있나 보다 생각하고 그냥 지나갔다. 슈페리어 빌딩에 빵집이 있어 가끔 들러서 빵을 사 먹었는데 매일 지나치는 일상적인 곳이었다.

영화 〈공범자들〉은 지금은 MBC의 사장인 된 최승호 PD가 만든 영화다. 영화를 보는데 매일 지나치던 슈페리어 빌딩이 나왔다. 거기가 이명박 전 대통령의 사무실이 있던 곳이라 한다. 최승호 PD는 슈페리어 빌딩 앞에서 이명박 전 대통령에게 묻는다.

"대통령님께서 언론을 망쳤다는 비판이 있는데 어떻게 생각하십니까?"

경호원이 최승호 PD를 막아서고 질문을 못 하게 막는다. 그는 그들에게 얘기한다.

"언론이 질문 못 하게 하면 나라가 망해요, 언론이 질문을 못 하게 하면 나라가 망한다고."

2007년 제17대 대통령 선거일이 기억난다. 군 생활을 하고 있었는데 혹한기 훈련을 앞두고 이런저런 준비를 하느라 한창 바쁜 시기였다. 당시 소대원들과 인근 면사무소로 투표를 하러 갔다. 오랜만의 외출이라 다들 즐거웠다. 두돈반 혹은 육공 트럭이라고 부르는 K-511 트럭을 타고 면사무소로 이동하며 누구를 뽑을지 얘기했다. 누군가는 허경영을 누군가는 정동영을 누군가는 이인제를 찍을 것이라고 했다. 하지만 결국 이명박이 당선될 것이라는 데는 의견이 일치했다. 현대건설 사장 경력에 서울시장을 하면서 청계천을 복원한 그가 대통령을 하면 잘하겠지 싶었다.

정치에 대해 잘 몰랐다. 정치에 관심이 없었다. 정치는 정치인이 알아서 잘하겠지 싶었다. 나는 내가 하는 일을 충실히 하고 바르게 살면 된다고 생각했다. 그렇게 세상은 돌아가는 것이라고 생각했다.

어느 순간 뭔가 이상하다는 느낌이 들었다. 그동안 옳은 것이라고 배워오고 상식이라고 생각하던 것이 비정상적이라고 언론에서 얘기하고 있었다. 2009년 배우 장자연이 자살을 하며 문건을 남겼고 거기에 수많은 사람이 포함돼 있었지만, 사건은 그대로 덮였다. 진실을 얘기한 사람은 감옥에 갔고 권력이 있는 사람은 당당했다.

노무현 전 대통령은 재임 시절 무겁게 지고 있던 대통령이라는 옷을 벗고 봉하마을에 내려가 수수한 모습으로 사람들과 어울렸다. 그는 자주 밀짚모자를 쓰고 다녔다. 손녀를 태우고 논길을 따라 자전거를 탔다. 동네 주민들과 허물없이 어울리며 막걸리를 마셨다. 그 모습이 편안해 보였고 보기 좋았다. 하지만 곧 측근들에 대한 강도 높은 세무조사와 각종 검찰 수사가 시작됐다. 결국 그는 모든 것을 자신이 안고 가는 선택을 했다. 뭔가 정상적으로 돌아가는 것 같지 않았다. 뭔가 미안한 마음이 들었다. 뭔가 마음의 빚이 생긴 것 같았다.

〈공범자들〉에 권력이 어떻게 언론을 장악하고 어떻게 사람들을 세뇌하는지가 나온다. 그리고 그 권력 옆에서 공생하던 수많은 사람이 나온다. 그 시절 어떤 이는 권력에 굴복했지만, 누군가는 저항했고 또 다른 누군가는 대중에게 진실을 알리려고 했다. 영화는 공범자를 지

목한다.

공범자1, 공범자2, 공범자3, 공범자4, 공범자5, 주동
자. 이명박

영화를 보며 나 역시 일종의 공범자가 아닐까 생각
했다. 세상이 어떻게 흘러가는지 관심 두지 않았고 그들
이 하는 대로 지켜보고만 있었기 때문이다.

MBC 이용마 기자는 최전선에서 투쟁하다가 해고당
했고 그 후 암에 걸렸다. 덩치 좋던 이용마 기자가 병마
와 싸우느라 살이 빠진 모습이 안타까웠다. 싸움의 의미
를 묻는 말에 그는 이렇게 얘기한다.

"암흑의 시기에 최소한 침묵하지 않았다는 것."

누군가는 동조하고 누군가는 방관할 때 누군가는 침
묵하지 않았다. 소수의 침묵하지 않은 사람들이 있기 때
문에 세상은 조금씩 변한다. 역사는 돌고 도는 것이다.

세상이 어떻게 돌아가는지 눈을 크게 뜨고 지켜봐야
겠다. 균형 잡힌 시각으로 세상을 볼 수 있도록 중심을
잡아야겠다.

*고 이용마 기자의 용기와 세상은 바꿀 수 있다는 신념을 오래도록
기억할 것이다

책의 향기와 영화의 추억

TIPS

1. 자신이 좋아하는 책부터 읽어 보자.

---

2. 퇴근 후 책 읽기 좋은 나만의 아지트를 만들어 보자.

---

3. 퇴근 후 극장에서 영화를 볼 때 가끔은 GV(Guest Visit)
   에 참여해 보자. (관객과의 대화, 색다른 경험이 될 것이다)

6장

색소폰은
앙부셔가 생명!

색소폰 연주

《남자가 은퇴할 때 후회하는 스물다섯 가지》(한혜경 저)라는 책이 있다. 은퇴자 1000명과 인터뷰를 하고 쓴 책인데 첫 번째 후회가 '악기 하나쯤 연주할 수 있었더라면'이라고 한다. 악기를 배우지 못한 이유는 다양할 것이다. 일에 쫓겨서, 가족을 챙기다 보니, 잦은 회식 때문에 등등. 다른 급한 일이 많기 때문에 악기를 배울 시간이 없다. 당장 먹고 사는 일이 급한데 언제 악기를 배우느냐고 얘기한다. 악기는 당장의 우선순위가 아니기 때문에 뒤로 밀리고 결국에는 악기를 배우지 못하고 은퇴하는 것이다. 악기를 배운다는 것. 생각보다 어렵지 않다.

일주일에 한두 번 퇴근 후 한 시간씩 투자해서 배워 나가면 된다. 중요한 것은 시작이다. 언제, 어디서든 연주할 수 있는 악기가 있다는 건 인생이 그만큼 풍부해진다는 걸 의미한다. 자신에게 맞는 악기를 선택하자. 나는 색소폰을 선택했고 일주일에 두 번, 퇴근 후 한 시간씩 연습했다.

아직 정하지 못했다면 색소폰을 배워보는 것은 어떨까? 근사한 색소폰을 목에 걸고 흥겹게 연주하는 모습. 설레지 않은가?

악기 하나쯤 배우는 거 나쁘지 않잖아?

입사하고 순천에 사는 작은아버지께 인사를 드리러 갔다. 내 일처럼 기뻐하시며 회사 생활에 대해 이런저런 조언을 해주셨다. 작은아버지는 그즈음 색소폰을 배운 지 한 달이 된 시점이었는데 마침 그날 저녁 학원 색소폰 연주회가 있다고 했다. 작은아버지도 한 곡 연주할 예정이라며 연주회에 같이 가자고 했다.

예전에 〈사랑을 그대 품 안에〉라는 드라마가 있었는데 차인표가 색소폰을 멋있게 부는 장면이 나온다. 전미국 대통령인 빌 클린턴도 한 번씩 색소폰 연주를 했는데 그 장면이 종종 뉴스에 나왔다. 그렇게 멋진 악기를 작은아버지가 배우고 있다니. 연주회에서 어떤 모습으로 색소폰을 연주할지 기대가 됐다.

그날 저녁 작은아버지, 작은어머니와 함께 연주회를 하는 장소로 이동했다. 조그만 레스토랑을 통째로 빌려서 연주회 장소로 썼는데 플래카드가 걸리고 풍선도 달려 있어 제법 연주회 분위기가 났다. 중년의 학원 원장님이 먼저 셀린 디옹의 '마이 하트 윌 고 온'을 연주했다. 원장님의 연주를 시작으로 한 명씩 무대에서 연주를 했다. 나이 지긋한 어르신부터 고등학생까지 있었다. 거의 마지막 순서에 작은아버지가 연주했는데 초반에는 살짝 음색이 불안하다가 점점 안정되며 무난하게 마무리했다. 지금 생각해 보면 색소폰을 시작한 지 한 달 된 분이 그 정도로 연주했다는 것은 대단한 것이다.

학원 원장님을 제외하고는 다들 실력이 비슷해 보였다. 어떤 분은 재즈를, 어떤 분은 팝송을, 어떤 분은 트로트를 연주하는 등 장르가 다양했다. 무대에서 프로처럼 멋진 무대 매너를 보여주신 분도 있었고 조심스럽게 연주하는 분도 있었다. 한 분 한 분이 진지한 모습으로 연주했고 다른 사람의 연주를 보며 즐기는 모습이 인상적이었다.

연주회가 끝나고 작은아버지 집으로 돌아와 소주를

마셨다. 작은아버지는 20년 넘게 회사 생활을 했는데 은퇴하고 보니 다룰 수 있는 악기가 없어 아쉬움이 컸다고 했다. 그래서 색소폰을 배우기 시작했는데 연습할 때 시간이 어떻게 지나가는지 모를 정도로 즐겁다고 했다. 그날 연주회에서 무대에 오른 분들의 면면을 보면 교장 선생님도 있고 은퇴한 회사원도 있고 다양하다고 했다. 대부분 은퇴하고 색소폰을 배우고 있는데 조금 더 일찍 시작했으면 어땠을까 하는 생각을 한다고 했다. 그래서 회사생활을 시작하는 나를 일도 열심히 하면서 틈틈이 악기 하나를 배워보라는 뜻으로 송년 연주회에 데리고 간 것이라고 했다. 나도 연주회를 보며 악기를 하나 배워야겠다고 생각했고 색소폰을 해보기로 했다.

앙드레 류와 앙부서

색소폰은 종류가 많다. 소프라니시모, 소프라니노, 소프라노, 알토, 테너, 바리톤, 베이스, 콘트라베이스 색소폰 등. 그중에서 아마추어 연주가는 보통 소프라노, 알토, 테너 이렇게 세 종류의 색소폰으로 연주한다.

소프라노 색소폰은 케니지가 자주 연주해서 익숙한데 클라리넷처럼 쭉 뺀 모양의 색소폰이다. 가장 높은 음역을 연주하는 색소폰으로 멜로디를 주로 담당한다. 알토 색소폰은 일반적으로 생각하는 색소폰 모양으로 연주 폭이 넓고 매력적인 음색을 가지고 있다. 대중적으로 가장 인기 있으며 배우기가 수월해 입문자에게 적합

하다. 테너 색소폰은 알토 색소폰보다 전체적으로 큰 모양이다. 저음역의 남성적인 소리를 내기 때문에 재즈에서 주로 사용한다.

전주에서 근무할 때 색소폰을 배우려고 알아보다가 사무실 근처에 있는 괜찮은 학원을 찾았다. 항상 나비넥타이에 깔끔한 정장 차림인 멋쟁이 원장님은 클래식을 전공했는데 기초부터 차근차근 배워야 한다고 강조했다. 기술이나 기교는 색소폰을 잘 불게 되면 저절로 할 수 있게 되니 기초에 집중해야 한다고 말했다.

퇴근 후 학원에 가면 처음 2주간은 클래식 동영상을 틀어주었다. 엄숙한 클래식이 아니라 주로 앙드레 류의 웅장한 연주 실황 영상이었는데 악기를 오랫동안 다루려면 클래식을 좋아해야 하고 듣는 귀를 뚫어야 한다고 했다. 하루 종일 일하느라 지친 상태였기 때문에 연주 영상을 보면서 조는 경우가 잦았다.

바로 색소폰을 배울 수 있을 줄 알았는데 학원에 가면 연주 영상만 틀어주고 보라고 하니 답답하고 지루했다. 그렇게 2주가 지나고 이제는 색소폰을 배울 수 있겠구나 싶었는데 그게 아니었다. 원장님은 색소폰을 불 때 가장 중요한 것이 마우스피스를 무는 입 모양이라고 했다. 그 입 모양을 '앙부셔(Embochure)'라고 하는데 앙부셔를 제대로 하지 않으면 음이 제대로 나지 않고 오랫

동안 색소폰을 불 수 없다고 했다. 앙부셔를 제대로 하기 위해서는 아랫입술과 턱 근육이 발달해야 하는데 그 근육을 단련하려면 시간 날 때마다 앙부셔 모양을 하고 유지하는 연습을 해야 한다고 했다.

그렇게 또 2주 동안 학원에 가서 앙드레 류 영상을 보면서 앙부셔 연습을 했다. 앙부셔를 몇 분 하다 보면 입과 턱이 마비되는 것 같은 느낌이 나는데 그럼 앙부셔를 풀고 잠시 쉬었다가 다시 앙부셔를 연습했다. 물론 앙드레 류 영상을 보면서. 학원 사무실 소파에는 나처럼 색소폰을 시작한 지 얼마 안 된 아저씨들이 클래식 동영상을 보며 앙부셔 연습을 하고 있었다. 앙부셔하고 있는 모습은 보기에 민망한데 다같이 하고 있으니 그 창피함이 덜 했다. 동지 같은 느낌이랄까. 그렇게 앙부셔 연습을 2주 동안 하고 나서야 드디어 색소폰을 만질 수 있었다.

색소폰은 입으로 불어서 소리를 내는 악기라 웬만하면 처음부터 본인 악기가 있어야 한다. 나는 원장님 지인에게 국민 색소폰이라 불리는 야마하 275 알토 색소폰을 12개월 할부로 구매했다. 색소폰도 있으니 어떤 곡이든 악보만 있으면 곧 멋지게 연주할 수 있을 것 같은 느낌이 들었다. 하지만 기본적인 소리를 내기도 쉽지 않았다.

2주 동안 앙부셔를 연습했지만 잠시만 색소폰을 불어도 입술과 턱에 쥐가 날 것 같았고 금방 앙부셔가 풀어졌다. 앙부셔가 풀리면 소리가 나지 않았다. 원장님이 왜 2주 동안 앙부셔만 연습하라고 했는지 그제야 이해할 수 있었다. 원장님 말대로 입술과 턱 근육을 단련해야 했다. 그 후 운전할 때, 텔레비전을 볼 때, 책을 볼 때 등 생각날 때마다 앙부셔 연습을 했다. 그렇게 두 달 동안 꾸준히 입 모양을 연습하니 색소폰을 불 때 앙부셔를 유지할 수 있게 되었다.

처음 색소폰으로 연주한 곡은 '작은 별'이었다.

'반짝반짝 작은별 아름답게 비치네'
'도도솔솔 라라솔 파파미미 레레도'

'작은 별'부터 시작해서 조금씩 어려운 곡으로 넘어갔다. 연주할 수 있는 곡이 늘어나면서 배우는 재미 또한 늘어갔다. 내가 좋아하던 곡은 스콧 조플린의 '디 엔터테이너'와 케니지의 '러빙 유'였다. 비교적 손쉽게 연주할 수 있는 곡이고 연주할 때마다 즐거웠다. 트로트도 자주 연습했는데 '소양강 처녀'를 특히 좋아했다. 구슬프면서도 흥겨운 리듬이라 신나게 연주할 수 있었다. 원장님은 트로트 연주를 안 좋아해서 원장님이 없을 때

몰래 연습해야 했다.

　지금은 색소폰을 입에 댄 지 오래됐다. 그래도 누군가 악기 하나 다룰 줄 아는 게 있냐고 물어보면 조심스럽게 대답할 수 있다. "저 색소폰 좀 불어요"라고 말이다.

　*사촌 동생 결혼식이 있었다. 그때 순천 작은아버지가 축가로 색소폰 연주를 멋들어지게 했다. 작은아버지는 봉사활동으로 색소폰 연주를 계속하고 있었는데 상당히 수준이 높았다. 나도 언젠가 그렇게 멋지게 색소폰을 연주할 날을 그려본다.

색소폰은 앙부셔가 생명!

TIPS

1. 스케일 연습은 매일 하자.

___

2. 기회가 된다면 연주회에 참여해 보자.

___

3. 한 곡씩 연습하고 연주할 수 있는 곡이 늘어날 때의
   기쁨을 느껴보자.

7장

—

타고 치기
- 자전거와 테니스

자전거, 테니스

　내 동생은 자전거 타는 것을 좋아한다. 처음 자전거를 탄다고 했을 때는 한강에 있는 대여소 자전거를 타더니 어느 순간 검정 로드 자전거를 타고 있었다. 그러다가 갑자기 로드 자전거를 팔고 레이싱 그린색 브롬톤을 타고 있다(초록색이라고 했더니 동생은 레이싱 그린색이라고 주장한다). 접이식 자전거의 매력에 빠져 자전거를 타고 여기저기 여행을 다닌다.

　동생뿐 아니라 주위에 퇴근 후 자전거를 타는 이가 늘고 있다. 한 번 타면 멈출 수 없는 자전거의 매력에 빠져드는 것이다. 나도 일주일에 한 번은 퇴근 후 자전거를 탄다. 보통 잠실에서 여의도까지 왕복 40킬로미터를 타는데 저녁에 타는 자전거는 그 무엇과도 바꿀 수 없는 상쾌한 기분을 선물해 준다. 한강 자전거 도로는 총 길이 240킬로미터로 세계적으로 손꼽히는 코스인데 이렇게 좋은 환경에서 마음껏 자전거를 탈 수 있다는 것은 행운이다.

2012년 ESPN에서 난이도에 따라 운동을 1위부터 60위까지 순위를 매겨 발표했다(Degree of Difficulty: Sport Rankings). 지구력, 힘, 파워, 스피드, 순발력 등 10개의 운동 능력을 수치화해서 순위를 매겼는데 테니스가 7위였다. 참고로 1위는 복싱, 2위는 아이스하키, 3위는 미식축구이고 기계체조는 8위, 야구는 9위, 축구는 10위였다. 테니스가 7위라고 주변에 얘기하면 대부분 의외라는 반응을 보인다. 나도 테니스를 배우기 전에는 그렇게 어려운 운동일 거라고는 생각하지 못했다. 테니스는 진입 장벽이 높지만 테니스를 어느 정도 치게 되었을 때의 중독성과 재미는 상상을 초월한다. 의견이 엇갈리겠지만 공으로 할 수 있는 운동 중 가장 재미있는 운동이 아닐까 생각한다.

테니스 동호회에서는 보통 복식으로 게임을 한다. 그렇기 때문에 파트너와 호흡을 맞춰 게임을 하는 데 필요한 기본적인 기술을 익혀야 한다. 퇴근 후 20분씩 꾸준히 레슨을 받다 보면 어느 순간 게임에 참여할 수 있는 실력이 된다. 초반에는 반복적인 자세 연습 탓에 지루할 수 있는데 그걸 이겨내는 사람만이 테니스의 진정한 재미를 맛볼 수 있다.

퇴근 후의 자전거 타기와 테니스 치기. 레벨이 다른 즐거움을 추구하는 분께 추천 드린다.

자전거와 어머니, 그리고 전동킥보드

초등학교에 입학하고 얼마 지나지 않았던 때로 기억한다. 옆집에 살던 형이 자전거 타는 방법을 가르쳐 주겠다며 학교 운동장으로 데리고 갔다. 처음에는 무서워서 페달을 제대로 밟지 못했다. 넘어지고 다시 타기를 반복하다가 어느 순간 제대로 갈 수 있게 되었다. 형이 뒤에서 자전거를 잡아주고 있었는데 뒤를 돌아보니 형은 저만큼 멀어져 있었고 나 혼자 페달을 밟고 있었다. 신이 나서 운동장을 가로지르며 자전거를 타고 있는데 문득 운동장 한쪽에 서 있는 어머니가 보였다. 어떻게 알고 왔을까 궁금했지만, 자전거를 타다 보니 어머니가 있었다는 것조차 까맣게 잊어버렸다. 시간이 흐르고 나중에 들어 보니 어머니가 옆집 형에게 자전거 타는 방법을 가르쳐 주라고 부탁했다고 한다.

어릴 적부터 내가 봐온 어머니는 못하는 운동이 없었다. 겉으로는 평범한 것 같아 보였지만 운동 신경이 남달랐다. 탁구는 선수급으로 쳤고 줄넘기도 일반인이 하는 것과는 달랐다. 2단 뛰기, 3단 뛰기, X자 뛰기, 뒤로 넘기 등. 그랬기에 나는 어머니가 자전거를 못 탈 것이라고 생각할 수 없었다. 하지만 최근 자전거 얘기를 하다가 어머니가 자전거를 탈 줄 모르고 심지어 한 번도 타 본 적이 없다는 것을 알게 되었다.

왜 자전거를 안 타봤느냐고 여쭤보니 어머니가 어렸을 때는 자전거가 비싸서 살 수 없었다고 했다. 그럼 지금이라도 내가 자전거를 사 드리고 타는 방법을 가르쳐 주겠다고 했는데 지금은 힘들어서 못 탈 것 같다고 한다. 그러면서 요즘 젊은 사람이 타는 전동킥보드가 있었으면 좋겠다고 했다. 새벽마다 걸어서 교회에 갔었는데 최근 교회가 먼 곳으로 이사를 하게 되어 걸어서 갈 수 없게 되었다고 한다. 그래서 전동킥보드가 있으면 그걸 타고 새벽 예배에 가고 싶다고 했다. 나는 위험해서 안된다고 얘기했고 어머니는 알겠다면서도 살짝 시무룩해 했다.

어머니에게 그렇게 얘기하고 생각해보니 왜 그렇게 얘기했을까 하는 후회가 들었다. 전동킥보드가 뭐 그렇게 위험하다고. 교회 가는 길에 타는 건 아니더라도 공원이나 넓은 공터에서 재미로 타면 되지 않겠나 싶었다. 그래서 쓸 만한 전동킥보드를 사서 집으로 보냈다. 한 달 정도 지나 어머니에게 전동킥보드는 탈 만하냐고 물어보았는데 아직 한 번도 안 타봤다고, 무서워서 탈 엄두가 나지 않는다고 했다. 대신 아버지가 한 번씩 전동킥보드를 타고 있다고 한다. 전동킥보드는 당연히 그냥 타면 되는 것이라 생각했는데 어머니에게는 쉽지가 않은 것이다.

어머니가 자유자재로 전동킥보드를 탈 수 있는 그날까지 시간이 날 때마다 공터에 가서 같이 연습하려고 한다. 파스텔톤의 예쁜 헬멧을 쓰고 성경책이 든 작은 가방을 멘 채 전동킥보드를 타고 교회에 가는 어머니의 모습을 그려본다.

사은품 자전거로 겨울 라이딩을

연말에 회사에서 조그만 선물을 줬다. 그 해에는 10만 원 내외의 등산화, 등산복, 자전거가 리스트에 있었는데 나는 자전거를 선택했다. 마침 한 대 있었으면 하던 시기여서 설레는 마음으로 자전거가 배송되기를 기다렸다. 회사에서 보내준 자전거는 중학생이 학원이나 학교에 갈 때 흔히 타는 삼천리 하이브리드 자전거였다. 자전거 바퀴와 손잡이가 연두색이었는데 가끔 길에서 똑같은 자전거를 타는 중학생을 보면 살짝 민망했다.

택배로 자전거를 받고 근처 자전거 대리점에 가서 조립했다. 자전거에 전조등과 후미등을 달고 장갑도 샀다. 자전거 가격은 10만 원인데 조립하고 이것저것 설치하니 자전거 가격보다 비용이 더 나왔다. 그래도 내 자전거가 생겼다는 것이 좋았다.

당시 전주에 살고 있었는데 집 근처에 있는 서곡교 밑으로 산책로가 있었다. 산책로에서 자전거도 탈 수 있었다. 전주천을 따라 모악산 초입까지 가면 편도 10킬로미터였다. 처음에는 5킬로미터 타는 것도 힘들었다. 엉덩이가 아파서 조금 타다가 돌아와야 했다. 자전거를 타는 주변 분들께 물어보니 그건 방법이 없다고, 그렇게 엉덩이가 아픈 시기를 거쳐야 자전거를 편하게 탈 수 있다고 했다.

퇴근 후 일주일에 두 번씩 자전거를 탔다. 산책하는 사람이 많아 한강에서처럼 쌩쌩 달릴 수는 없었지만, 가로등 불빛 아래에서 천천히 자전거를 타며 보이는 풍경과 얼굴에 스치는 바람이 좋았다. 시내를 통과할 때는 산책하는 사람이 많았고 주위가 온통 고층 아파트로 둘러싸여 있었다. 시내를 벗어나 모악산 근처까지 가면 사람은 거의 보이지 않았고 끝없이 펼쳐진 논만 보일 뿐이었다. 그곳을 지날 때는 공기의 질이 달랐다. 숨을 한번 들이마시고 내쉴 때 온몸이 상쾌한 공기로 가득 차는 느낌이 들었다.

하루는 한겨울에 자전거를 탔다. 퇴근하고 준비를

해서 자전거를 타고 나온 시간이 저녁 9시였다. 컴컴한 밤 하늘에 산책로에는 눈이 쌓여 있었고 무척 추운 날이었다. 장갑을 두 겹으로 끼고 옷을 단단히 챙겨 입은 상태로 자전거를 타고 모악산 방향으로 천천히 나아갔다. 초반에는 그런대로 탈 만했는데 어느 순간 귀가 시려 떨어져 나갈 것 같았다. 장갑을 두 겹으로 끼기는 했지만, 손도 시려서 계속 주먹을 쥐었다 폈다 반복해야 했다. 그렇게 상황이 안 좋을 때는 바로 돌아가는 것이 맞는데 무리해서 결국 모악산 근처까지 갔다가 되돌아왔다. 집으로 돌아오는 길은 왜 그렇게 멀고 힘들던지. 귀가 아파서 번갈아 가며 한쪽씩 손으로 귀를 감싸며 자전거를 탔는데 눈길에 미끄러지기도 했다. 만신창이가 되어 겨우 집에 도착했을 때는 자정이 넘은 시간이었고 살았다는 안도감과 함께 그대로 깊은 잠에 빠졌다.

지금은 퇴근하고 한강에서 로드 자전거를 탄다. 그때와는 다르게 한겨울에는 자전거를 타지 않는다. 그게 얼마나 위험한 일인지 알기 때문이다. 한강에서 자전거로 쌩쌩 달리다 보면 한 번씩 전주에서 자전거를 타던 때가 생각난다. 캄캄한 밤, 논길을 따라 한겨울에 자전거를 타던 그 시절. 아무것도 모르고 용감하게 자전거를 타던 그 시절이 그리워진다.

따르릉 따르릉

한 번씩 다이어트를 할 때가 있다. 마음껏 먹는 생활을 하다가 몸이 무거워지고 무릎에 무리가 가는 느낌이 들면 다이어트에 돌입한다. 다이어트 기간에는 달리기를 하고 먹는 양을 줄이는데 빵, 우유, 인스턴트 음식을 먹지 않고 저녁 식사도 간단하게 한다. 그렇게 한 달 정도 하면 3~4킬로그램이 줄어든다. 다이어트 기간에는 신경이 날카로워진다. 자려고 누우면 먹고 싶은 것이 둥둥 떠다니며 잠을 방해한다. 그럴 때마다 가장 먹고 싶은 건 떡볶이다. 매콤한 떡볶이 국물에 두툼한 떡과 어묵, 이게 참 먹고 싶다. 평소에 떡볶이를 좋아하는 것은 아닌데 이상하게 다이어트를 할 때는 가장 먹고 싶다. 이 얘기를 동료에게 했더니 숨어 있는 떡볶이 맛집을 소개해 주겠다고 했다.

우리는 자칭 세상에서 가장 맛있는 떡볶이집이라는 아차산역 근처의 분식집에 떡볶이를 먹으러 가기로 했다. 떡볶이를 먹기로 한 날 나는 차를 타고 이동했는데 근처에 주차할 곳이 없어 빙빙 돌다가 겨우 주차를 하고 약속 장소로 향했다. 그런데 같이 먹기로 한 동료는 유유히 자전거를 타고 약속 장소에 도착했다. 자전거를 어디에 세워둘 것인지 물어보니 공공 자전거라 가까운 자전거 정류장에 반납하면 된다고 했다. 자전거를 어린 이대공원 안쪽에 있는 거치대에 반납하고 우리는 떡볶이를 먹으러 갔다. 그때 '따릉이'를 처음 알게 되었다.

알고 보니 집 주위에도 따릉이 정류장이 있었다. 핸드폰에 앱을 설치하고 회원 가입만 하면 이용할 수 있는 간단한 시스템이다. 따릉이를 알게 된 그날부터 나는 따릉이 마니아가 되었다. 한 번은 금요일 저녁에 퇴근 후 친구들과 이태원에서 만나기로 했다. 차가 막히는 시간이라 고민하다가 따릉이를 타고 가보기로 했다. 따릉이를 대여해서 한강 자전거 길을 통해 약속 장소까지 갔는데 예상보다 일찍 도착할 수 있었다. 따릉이를 반납하고 친구들을 만나니 마음이 편했다. 돌아올 때는 따릉이를 빌려서 이태원부터 강남역까지 천천히 시내를 구경하며 이동했다. 강남역에 따릉이를 반납하고 버스를 타고 집으로 돌아왔는데 즐거웠다.

지금도 퇴근 후에 한 번씩 따릉이를 탄다. 따릉이를 타고 시내를 구경하기도 하고 집까지 가기도 한다. 약속이 있으면 따릉이를 타고 약속 장소 근처까지 가서 반납한다. 차나 대중교통을 이용하는 것보다 빠른 경우도 있고 무엇보다 재미있기 때문이다. 선선하고 날씨가 좋은 날. 퇴근길에 따릉이를 타 보면 어떨까?

따르릉 따르릉 비켜나세요.
자전거가 나갑니다 따르르르릉.

2018년 호주 오픈과 테니스의 시작

2018년 1월 테니스 선수 정현의 열풍이 대단했다. 테니스 4대 메이저 대회 중 하나인 호주오픈 16강 전에서 전 세계랭킹 1위 노박 조코비치를 3대0으로 이긴 것이다. 조코비치는 경기를 마치고 "정현은 마치 벽(Wall)과 같았다. 인상적이었다"라고 얘기했다. 정현이 조코비치를 3대0으로 이겨버리다니. 조코비치는 오랜 부상 끝에 복귀전으로 호주 오픈에 출전한 것이라 최상의 컨디션은 아니었다. 그럼에도 불구하고 정현이 보여준 경기력은 상상 이상이었다. 며칠 후 정현은 4강전에서 로저 페더러와 경기를 했다.

로저 페더러가 누구인가. 농구에 마이클 조던이 있다면 축구에는 메시가 있고 테니스에는 로저 페더러가 있다. 테니스 황제라 불리는 사나이. 테니스를 치는 사람들에겐 신과 같은 인물이 로저 페더러다. 그런 페더러와 맞대결을 한다는 것 자체만으로도 대단한 것이다. 결과는 페더러 승. 정현은 경기 중간에 부상으로 기권했고 로저 페더러는 결국 그 대회에서 우승을 차지하며 메이저 대회 20회 우승이라는 대기록을 남겼다. 정현과 경기를 마치고 로저 페더러는 "정현은 한 차원 높은 수준의 경기력을 지녔으며, 그가 조코비치를 어떻게 이겼는지 알 것 같았다"고 칭찬했다.

회사에서 테니스를 잘 모르는 동료들도 2018년 호주오픈 기간에는 스마트폰으로 정현 경기 영상을 보고 테니스에 관해 얘기했다. 예전에 내게 레슨을 해주던 코치님께 들어보니 초등학교 학부모의 레슨 문의가 급격히 늘었다고 했다. IMF 시절 박세리가 LPGA에서 크게 활약할 때 골프를 시작한 어린이가 많았는데 그 친구들이 지금 박세리 키즈로 성장하여 세계 골프계를 주름잡고 있다. 테니스 역시 정현의 활약을 계기로 붐이 일었으면 좋겠다.

고등학교 시절 학교 건물 뒤편에 테니스장이 있었

다. 정식 대회를 치를 수 있는 큰 테니스장이었는데 친구들과 점심을 먹고 그곳에서 테니스공으로 미니 축구를 했다.

하루는 수업을 마치고 미니 축구를 하려고 테니스장으로 갔다. 그런데 그날은 코트에서 테니스 경기를 하고 있었다. 2대2 복식 경기였는데 선수 중 한 명이 당시 수학 선생님이었다. 빠르게 공이 왔다 갔다 하고 포인트를 냈을 때는 환호하며 서로 파이팅을 외쳤는데 재미있어 보였다. 그동안 테니스라고 하면 재미없고 지루할 것이라는 선입견이 있었는데 실제로 경기하는 것을 보니 역동적이고 운동량도 많아 보였다. 우리는 수능시험이 끝나면 바로 테니스를 시작하기로 했다.

시간이 흘러 수능시험이 끝났다. 학교에 가서 영화를 한두 편 보고 집으로 가는 것이 일과의 전부였다. 무료한 시간이었는데 갑자기 테니스를 치기로 한 것이 생각났다. 급하게 테니스 라켓을 빌리고 공을 몇 개 얻어서 친구와 테니스를 치러 갔다. 수학 선생님이 시합하는 모습을 봤을 때는 공이 빠르게 왔다 갔다 하며 랠리가 이어지는 모습이었고 나도 그렇게 칠 수 있을 것으로 생각했다. 하지만 현실은 달랐다. 공을 상대방 코트로 넘겨야 받아칠 텐데 네트에 걸려서 안 넘어가고 어쩌다가 넘어간 공을 받아서 치면 공이 코트밖으로 날아가는 홈런을 날리기 일쑤였다. 공이 몇 개 없어서 테니스장 밖으로 공이 넘어가면 멀리 가서 주워 와야 했다. 공을 주거니 받거니 하며 치는 랠리는커녕 공을 찾으러 뛰어다니기 바빴다. 겨울이었지만 땡볕에 그렇게 공을 찾으러 뛰어다니다 보니 금방 지쳤다. 운동은 확실히 된 것 같았지만 제대로 된 테니스는 흉내도 낼 수 없었다. 마지막에는 공을 잃어버려 어쩔 수 없이 테니스를 끝낼 수밖에 없었다. 나는 친구와 한동안 코트에 누워 생각했다.

'테니스는 참으로 지루한 운동이구나.'

그렇게 테니스에 대한 로망은 한 시간이 채 안 되어 깨졌고 다시는 테니스를 칠 일이 없으리라 생각했다.

마약보다 중독성이 강한 테니스

테니스를 배울 기회는 여러 번 있었다. 대학교 때 학군단 옆에 테니스 코트가 있었는데 동기들이 거기서 테니스를 쳤다. 몇 번 가르쳐 준다고 했는데 거절했다. 테니스에 대한 관심이 식은 상태였고 흥미가 생기지 않았다. 군대에 있을 때도 부대에 테니스장이 있었다. 연대장님이(지금은 육군 참모총장으로 진급했다) 자주 테니스를 쳤는데 우리 중대에서 테니스장을 관리했다. 연대장님과 함께 테니스를 치는 참모들이 테니스를 가르쳐줄 테니 같이 치자고 했는데 완곡히 거절했다. 그때도 역시 테니스에 관심이 없었다.

회사에 테니스를 좋아하는 선배님이 있었다. 주재갑 차장님은 테니스 얘기를 자주 해줬는데 테니스가 얼마나 매력 있는 운동인지 열정적으로 설명해 주곤 했다. 계속 테니스 얘기를 듣다 보니 테니스를 제대로 배워서 쳐보고 싶다는 생각이 들었다. 레슨을 받기 위해 집 근처에 있는 테니스장을 검색해 보고 한 군데씩 찾아가 봤다. 세 군데째 테니스 코트를 방문했을 때 테니스장 입구에 레슨 환영이라는 글과 함께 휴대폰 번호가 적혀 있는 플래카드를 발견했다. 바로 전화해서 레슨을 받고 싶다고 얘기했는데 코치님이 다음 날 새벽 5시까지 코트로 나오라고 했다.

다음 날 새벽. 산 아래에 있는 테니스 코트에 도착해 보니 흰 머리를 뒤로 넘겨 고무줄로 묶고 개량 한복을 입은 할아버지가 보였다. 느낌 있는 할아버지 코치님과 그렇게 하루 20분씩 레슨을 시작했다. 코치님은 자세와 스텝을 가장 먼저 가르쳐 줬고 그 후 그립 잡는 법을 알려줬는데 '이스턴 그립'이었다. '이스턴 그립'은 역사상 최고의 테니스 선수 중 한 명인 샘프러스가 사용하던 그립인데 밀어치는 느낌으로 포핸드를 친다. 예전에 주로 쓰던 그립이지만 요즘 테니스에서는 잘 쓰지 않는다.

코치님이 던져주는 볼을 치면서 포핸드, 백핸드, 발리 등을 배웠는데 3개월 정도 지나니 어느 정도 코치님과 볼을 주고받을 수 있는 수준이 되었다. 랠리를 할 때는 무아지경 상태가 되었고 집중이 잘될 때는 스무 번 넘게 랠리가 이어졌다. 레슨 시간은 짧았지만 운동량이 상당했다. 레슨이 끝나면 쉴 시간도 없이 내가 친 공을 빠르게 주워 담으며 다음 레슨을 받는 분이 어떻게 공을 치는지 구경했다.

할아버지 코치님께 5개월 동안 새벽 시간에 배운 다음, 레슨 시간을 퇴근 후 저녁 시간으로 옮겨 집 바로 옆에 있는 코트의 젊은 코치님께 레슨을 받기 시작했다. 두 번째 코치님은 고등학교 때까지 선수 생활을 한, 일명 선출인데 30대 초반으로 젊었다. 코치님은 내가 볼을 치는 것을 보더니, 그립을 '웨스턴 그립'으로 바꿔보자고 했다. 랠리만 하는 것은 '이스턴 그립'으로 문제가 없지만, 시합을 하려면 '웨스턴 그립'으로 바꾸는 쪽이 나을 것이라 했다.

'웨스턴 그립'은 포핸드에서 강력한 탑스핀을 구사할 수 있다. 대신 몸 앞쪽에서 볼을 치기 때문에 타이밍을 잡기가 쉽지 않다. 그래도 장기적으로 테니스를 한다고 생각하면 그립을 바꾸는 것이 맞는 것 같았다. '웨스턴 그립'에 익숙해지기까지 두 달이 넘게 걸렸다. 바꾼 그립에 익숙해지니 볼을 칠 때 짜릿한 손맛이 느껴졌다. 그때부터 본격적으로 테니스에 빠져들었다. 테니스를 잘 치고 싶었다. 테니스 책을 찾아보고 기사를 검색해 보고 사람들과 만나면 테니스 얘기를 했다.

'웨스턴 그립'을 가르쳐 준 코치님은 인기가 많았다. 새벽부터 저녁까지 20분씩 레슨으로 스케줄이 빡빡하게 채워져 있었다. 그러다 보니 집 근처에 있는 1면짜리 코트로는 감당할 수 없게 돼 멀리 있는 큰 테니스장으로 옮겼다. 나도 코치님을 따라가서 배우고 싶었지만 그러기에는 집에서 테니스장까지가 너무 멀었다. 코치님은 자신보다 더 잘 가르치는 분이라며 다른 코치님을 소개해줬다.

세 번째 코치님 역시 고등학교 때까지 선수 생활을 한 분이다. 세 번째 코치님의 레슨 방식은 그동안 받아 왔던 방식과 달랐다. 세 번째 코치님은 두 명, 세 명씩 묶어서 레슨을 했는데 코치님이 공을 던져주면 그걸 받아서 치는 것으로 끝나는 것이 아니라 내가 친 공을 다른 사람이 받도록 했다. 그렇게 돌아가며 공을 치고 받으며 공격과 수비를 동시에 연습했다. 일주일에 한 번씩은 편을 나눠서 복식 게임을 했다. 한겨울에는 공이 얼어 코트에서 튀지 않는다. 그럴 때는 레슨 시간보다 조금 일찍 테니스장에 도착해서 난로에 공을 녹여 두고 코트에 쌓인 눈을 치우고 나서 테니스를 시작했다. 너무 추운 날이면 장갑을 두 겹 끼고 그 위에 라켓과 손을 연결하는 천을 둘러야 라켓을 잡을 수 있었다. 그렇게 해도 금방 손이 시려서 입으로 후후 불면서 테니스를 쳤다. 지금 생각하면 어떻게 그렇게까지 하면서 테니스를 했을까 싶은데 그때는 퇴근 후 테니스를 치러 가는 길이 그렇게 설레고 즐거울 수 없었다.

네 번째 코치님께는 일주일에 두 번씩 퇴근 후 산 중턱에 있는 테니스장에서 레슨을 받았다. 스텝과 발리를 강조했는데 시합에서 결정적인 포인트는 포핸드보다 발리에서 나온다고 했다. 테니스 레슨이 있는 날은 하루 종일 설레었다. 코트까지 가려면 꼬불꼬불한 좁은 길을 올라가야 했지만, 그 정도는 문제없었다. 가끔 주말에 보강을 했는데 레슨이 끝나면 어르신들이 그 코트에서 복식 시합을 했다. 항상 같은 멤버끼리 테니스를 치는 것 같았는데 경기 수준이 높아 그분들이 게임하는 모습을 한참 동안 구경했다. 나중에 텔레비전으로 테니스 시합 중계방송을 보는데 낯익은 얼굴이 보였다. 알고 보니 그때 테니스를 치던 어르신 중 한 분이 유명한 공중파 해설위원이었다.

레슨만 받다가 어느 정도 게임을 할 수 있을 것 같다는 생각이 들었을 때 코치님 소개로 테니스 동호회에 가입했다. 초보자 위주의 동호회였는데 일주일에 한 번 퇴근 후 저녁 시간에 모임이 있었다. 또래의 젊은 친구들과 테니스를 치는 것은 레슨을 받을 때와는 또 다른 재미가 있었다. 동호회 사람들의 테니스에 대한 애정과 열정이 각별해서 모임에 갈 때마다 자극을 받았고 재미있게 테니스를 칠 수 있었다. 동호회 활동은 1년 동안 했는데 다양한 분들과 만날 수 있었고 즐거운 추억을 쌓을 수 있었다. 동호회 코트 계약이 끝나며 멀리 있는 코트로 동호회 메인 코트를 옮겼을 때 자연스럽게 동호회 활동을 중지하고 잠시 테니스 라켓을 내려놓았다.

아직도 볼을 칠 때의 손맛이 생생하다. 힘을 빼고 정확하게 공을 맞혔을 때 느낄 수 있는 그 손맛. 다시 라켓을 잡을 때가 오면 그때는 더 깊고 즐겁게 테니스에 빠져들 것 같다.

타고 치기 - 자전거와 테니스

TIPS

1. 야간 라이딩을 할 때 적당한 라이트와 안전 장비를 갖추고 시작하자.

---

2. 퇴근 후 실내에서 테니스를 배울 수 있는 곳이 늘고 있다. (회사 주변을 검색해 보자)

---

3. 어느 정도 기본기가 잡히면 동호회에 가입해서 활동을 시작해 보자.

천재 아닌 사람이 없어요
모든 사람은 천재로 태어나고
그 사람만이 할 수 있는 일이 있어요
360명이 한 방향으로 뛰면 1등부터 360등까지 있어요
하지만 내가 뛰고 싶은 방향으로 뛰면 360명 모두가
1등이 될 수 있어요

- 이어령 선생 / 셀레브 인터뷰 중

　회사에서 15년 차 이상 근무자를 대상으로 희망퇴직을 실시했다. 전혀 예상하지 못한 분이, 생각보다 많은 분이 회사를 떠나게 되었다. 선배님들이 떠날 때 한 얘기 중 기억에 남는 말이 있다.

　"떠나는 사람도 용기를 낸 것이지만 남아 있는 사람 역시 용기 있는 사람이다."

모두 다 떠나면 자리를 지킬 사람이 없다. 누군가는 남아서 자리를 지키고 압박을 견디면서 앞으로 나아가야 한다. 그렇게 인생은 굴러가는 것이니까.

지금, 이 순간. 자신의 자리를 지키며 묵묵히 앞으로 나아가는 수많은 동료들과 나 자신에게 충분히 잘하고 있다고 말해주고 싶다.

사람들의 시선에서 자유로워질 수 있다면

모두가 1등이 될 수 있다

누군가는 이기고 누군가는 지는 경기 대신

나만의 경기를 하면 그게 1등이다

같은 하늘 아래 있지만

각자 다른 인생 영화를 찍고 있다

행복이 무엇이냐고 묻는다면

지금, 이 순간 살아 숨 쉬고 있는 것이 행복이라고 얘기하고 싶다

소소하지만 작은 것에서 기쁨을 느끼고 사랑하는 가족과 따뜻한 저녁을 함께 먹는 것이 행복이 아닐까?

생각의 틀을 바꾸면 누구나 자기 인생에서 1등이고 행복할 수 있다

힘을 내서 사회생활을 이어갈 수 있다면